英語学・英文学の理論と応用

荻野隆聡
松野あかね
赤石恵一
大場衣織

編

石井美樹子 監

御茶の水書房

監修のことば

　神奈川大学大学院、外国語学研究科博士前期課程が創立されたのは1992年、博士後期課程はその3年後の1995年に設置された。当時、外国語学部には英語英文学科、中国語学科、スペイン語学科の三学科があったが、スペイン語学科が大学院に参入しないことを決めたので、英語英文学専攻と中国言語文化専攻のみの大学院として出発した。大学院設置に直接関わった教員で、現在も職にあるのは、筆者ただひとりになってしまった。創立後10年を経たころから、英語英文学専攻の応募者が減少しはじめ、それに歯止めをかけることができなくなった。英語英文学専攻を廃止し、スペイン語学科と、外国語学部に開講されたばかりの国際文化交流学科の参入をえて、あらたに欧米言語文化専攻を設置する動きが出てきた。その変化の境目のときに、英語英文学専攻主任・研究科委員長として4年のあいだ大学院改編の事業に携わった。大学院設立のための諸事に関わった者としては、自分が生んだ子を消し去り、新たな子を迎えるような状況に置かれ、複雑な思いだった。しかし、設置の趣旨や将来構想など、文部科学省に提出する書類を書き、必要な書類を整える過程で、発展的な解消なのだという強い思いが湧いてきて哀しみは薄らいでいった。なによりも、15年まえに、お迎えできなかったスペイン語学科が参入して学生募集に力を添えてくださることになったのは大きな励みだった。大学院創設から15年後、英語英文学専攻が廃止され、2011年4月欧米言語文化専攻が開設された。

　英語英文学専攻の廃止が決まったとき、その16年の歴史を文字で残したいという声が卒業生のあいだから起こり、本書の発刊に至った。企画から編集まですべて卒業生が担当した。みな本学で教鞭を取り、神奈川大学外国語学研究科の教育を体現してくれている。小冊ではあるが、16年の

英語英文学専攻の歴史を証言する本書の象徴的な意味は大きい。渾身の力を出して書いた論文のひとつひとつに込められた卒業生の熱い思いが読者のみなさまに届けばうれしい。卒業生の飛躍と、研究科のさらなる発展を願わずにはおられない。

2012 年 12 月　　石井美樹子

まえがき

　本論文集は神奈川大学英語英文学会創立 15 周年を記念して編まれたものである。神奈川大学大学院外国語学研究科英語英文学専攻課程は、1992年 4 月に修士課程が開講され、筆者を含め 1 期生 4 名が入学した。
　1994 年 3 月には 1 期生が修士課程を修了し、1995 年 4 月には博士課程が新設された。その後着実に入学者が増えていき、各種学校の教師または研究者として羽ばたく修了生の数も多くなっていった。このころから大学院生と修了生をつなぐ研究会のような場が必要なのではないかという声が多く聞かれ、1998 年に神奈川大学英語英文学会創立の運びとなった。この学会の初代会長を筆者が務めたこともあり、力不足ながら荻野が本論文集の編集委員長を仰せつかった。
　さて、本論文集を編むことになったきっかけは、2010 年冬の学会総会で学会創立 15 周年を迎え何か記念行事のようなものができないかという提案であった。検討の結果、会員の研究者であれば誰でも寄稿可能である論文集の発行が良いということなり、早速編集委員会が結成された。ここで、編集委員会が心を砕いたのは、論文集の趣旨をどのように統一するかということだった。修了生は中学校・高等学校・工業高等専門学校・大学など様々な場所で活躍しており、またその専門分野も多種多様で 1 つの決まった方向性に統一するのは到底不可能であった。そこで、広い意味で英語教育（専門分野の「英語教育」ではなく、英語学・英語教育・英米文学などを研究し教えること）に関連する論文集を編むことにした。そこで、2011 年 5 月に修了生の学会員に広く公募し、2012 年 3 月を原稿提出締切とした。
　幸いなことに、今回 7 編を収めることができた。執筆者は全て大学で英語教育に携わる研究者であり、教育現場での経験を基に執筆した。したがっ

て、将来教員を目指す学部学生、英語学・英語教育・英米文学などを専門とする大学院生、教育現場で教鞭をとる先生方に読んで頂ければ幸いである。

　赤石論文は、現代の英語教育についての提言として注目すべき論文である。札幌農学校の卒業生の多くは優れた英語使用者となった。彼らの学習方法を観察すると、現行の英語教育では必ずしも重要視されているとはいえない英文の暗唱・英文学作品の読解などが多く含まれていた。昨今、日本の英語教育は何年勉強してもさっぱり話せるようにならないとの批判を受けることが多い。しかしながら本論文を読むことで、日本の英語教育の絶対的時間数が少なすぎることに気づくだろう。筆者も含め、英語教育に従事する者にとって考えさせられる論考である。

　大場論文はオーラルコミュニケーションの授業で学習者が間違いを犯した際に、英語学習者が教師にどのような種類の訂正を受けたいのかをリサーチしたものである。教師の立場からどのような訂正を施せば良いのかではなく、学習者の立場に立った効果的な間違いの指摘を研究した論文である。学習者が多様化している今、このような学習者目線からの研究は今後さらに重要になってくるだろう。

　2011年度から小学校での外国語活動が実施となった。わずか週1回の実施であり、実施回数・内容共にさまざまな問題があるだろう。松野論文は近隣アジア諸国の小学校英語教育と日本の小学校の英語教育を詳細に比較対照した上で、効果的な小学校英語教育はどのようなものかを考察したものである。筆者自身は低年齢からの英語教育について懐疑的だったが、松野論文に触れその効果に望みを託すようになった。

　荻野論文は可能性を表す英語の類義語分析を行っている。また日英語の除去を意味する動詞（庭をハク、床をフク、'clean the table'、'wash the dishes' など）とその目的語の関連性について考察している。その上で、人間の外界認知の仕方が言語表現に大きく影響すると論じている。

　日本語を用いた表現を的確な英語で表現でき、かつその逆ができること

まえがき

が英語学習の最終目的といってもよかろう。海老塚論文は、翻訳者としての観点から、教育現場での経験を基に、良い翻訳とはどのようなものかを考察したものである。英語を日本語に翻訳する際には、英語の読解力もさることながら、理解した内容を最も適切な日本語にしなければならない。現行の英語教育では後者の適切な日本語にする点にもっと意を用いるべきであることが本論文から読み取れよう。

志水論文はアメリカ南部の作家であるユードラ・ウェルティの短編「通い慣れた道」を丹念に読み込んでいる。氏はウェルティが神話モチーフに偽装された物語の裏に、もう１つの物語が隠されていると指摘している。そして、これこそが作者の真の意図であり、南部社会への批判のメッセージであると論じている。

およそ職業として英語教育に携わるに当たって、シェイクスピアは避けては通れない。シェイクスピアの数多い作品の中でも『ロミオとジュリエット』は代表的な作品であり、現在までに発表された『ロミオとジュリエット』に関する論文は膨大な数にのぼる。濱田論文は、ロミオの苦悩する恋を 'sick health'、'loving hate' などの相反する語を用いて表現している点に着目して論じている。また当時の女性観について考察していて興味深い。

神奈川大学英語英文学会会長（2010年当時）であった石井美樹子先生（神奈川大学教授）には本論集の企画段階から一貫してご指導を賜った。何しろほぼ素人集団の編集委員会であり、石井先生のご助言なしには本論文集の出版はありえなかっただろう。また本論文集の出版に関して各論文を丹念にお読み下さり、詳細かつ的確なアドバイスを頂いた。さらに、昨今このような論文集を出版することは難しく予算が限られている中で、出版が可能になるよう取り計らって下さった。

神奈川大学大学院外国語学研究科英語英文学専攻課程において、学問の道へ導いて下さった先生方に感謝したい。この論文集を出版できるのもひとえに先生方のご指導の賜物である。

なお、大学院改組のため、2012年から神奈川大学英語英文学会は「神

奈川大学大学院欧米言語文化学会」と名前を変えて、引き続き活発な活動を行っている。

　最後に、我々のわがままな趣旨に賛同いただき、出版を快諾してくださった御茶の水書房の方々に感謝申し上げる。

2012年9月　　荻野隆聡

英語学・英文学の理論と応用

目次

目次

監修のことば　　　　　　　　　　　　　　　　　　　　i
まえがき　　　　　　　　　　　　　　　　　　　　　iii

I. 英語教育学研究

1. 札幌農学校の変容活動
　　―「ノート複写」と「課題演説」の現代的応用―　　赤石　恵一　9
2. 日本人英語学習者における嗜好についての一考察
　　―オーラル・コミュニケーション授業の場合―　　大場　衣織　37
3. MI理論を活用した内容中心指導法
　　―教科化を視野に入れた小学校英語指導試案―　　松野あかね　67

II. 英語学研究

1. 連語から見た類義語と除去動詞　　　　　　　　　荻野　隆聡　99

III. 英米文学研究

1. 翻訳実践トレーニングの効用
　　―英語学習における翻訳演習の役割―　　　　　海老塚レイ子　121
2. 神話に隠された歴史
　　―ユードラ・ウェルティの「通い慣れた道」―　　志水　光子　139
3. 二人の一途な愛
　　―ジュリエットの決意　ロミオの覚悟―　　　　濱田あやの　163

あとがき　　　　　　　　　　　　　　　　　　　　193
索引　　　　　　　　　　　　　　　　　　　　　　195
監修者・執筆者 紹介

Titles in English

- Transformation Activities in Sapporo Agricultural College: Modern Application of "Note-Copying" and "Elocution"
  Keiichi AKAISHI

- EFL Learners' Preferences for Oral Communication Classes
  Iori OBA

- An Application of MI Theory to Content-Based Instruction: A Proposal for Japanese Elementary School English
  Akane MATSUNO

- Synonymous Words with Special Reference to Collocations, and Verbs of Removing
  Takaaki OGINO

- Translation Practice as an Effective Method of Teaching English
  Reiko EBIZUKA

- A History Hidden Beyond Myth in Eudora Welty's "A Worn Path"
  Mitsuko SHIMIZU

- Devoted Love: Loyalty and Resolutions of 'a Pair of Star-crossed Lovers'
  Ayano HAMADA

英語学・英文学の理論と応用

Ⅰ. 英語教育学研究

1. 札幌農学校の変容活動
―「ノート複写」と「課題演説」の現代的応用―

赤石 恵一

はじめに

　札幌農学校は、1876（明治9）年8月に札幌学校として開校、翌月に改称して、1907（明治40）年9月、東北帝国大学農科大学となるまで31年に渡り北海道、札幌に存在した高等教育機関である[1]。その初期におけるカリキュラムは、初代教頭クラーク（W. S. Clark）が学長を務めていたマサチューセッツ農科大学（Massachusetts Agricultural College）に範を取り[2]、開拓指導者に相応しい広範な知識の習得とその実践的訓練を目的として構成された[3]。「初期」とは大幅な組織再編の行われた1887（明治20）年より前の期間を指す。しかしそれ以前に暫定的なカリキュラムの改正が行われていたため[4]、開校以来、類似したカリキュラムによって卒業したと言えるのは5期生まで、70名であった。その中から数多くの英語学習成功者（good English learners）が輩出されたことは周知の通りである（蝦名，1991；太田，1995；馬場，1998；Willcock，2000等参照）。荒川重秀[5]、佐藤昌介[6]、内村鑑三[7]、新渡戸稲造[8]、広井勇[9]、宮部金吾[10]、斎藤祥三郎[11]、頭本元貞[12]、武信由太郎[13]、渡瀬庄三郎[14]他、その英語力を活かし、各界に飛躍した卒業生は少なくない。札幌農学校卒業までのおよそ10年に渡る日本での英語学習において、同世代の英語学習者との相対的比較から見ても、いわゆる総合的英語能力といった絶対的基準から考えても、彼らを英語学習成功者として認め得る判断材料は多い（Akaishi, 2010）。彼

らの学習要因、つまり彼らの英語学習に影響を与えた様々な要因の解明と応用は、現代日本における外国語としての英語学習にとって有意義な示唆を与え得る可能性があると言えよう。

本稿は彼ら、1-5期生が取り組んだ英語活動のうち、「ノート複写」及び「課題演説」を「変容活動」(後に詳述) として取り上げ、その理論と応用、すなわち、(1)現代の第2言語習得理論に照らし何が有効であると認められるか、(2)いかに現代日本の英語教育に活用し得るか、の2点について議論する。5期生までのカリキュラム、英語英文学科目、及び英語活動に関する先行研究を集約し、これまで過去の逸話としてのみ語られることの多かった2つの英語活動を再吟味して、その理論的解釈と応用方法の提案を試みるものである。

1. 1-5期生のカリキュラムと英語活動

札幌農学校1-5期生が取り組んだカリキュラムは、年報、書簡、日記、回想録等の史料により、その概要を知ることが出来、既に多くの先行研究がある (赤石, 2008, 2009；関, 1983；外山, 1992；永井, 1980；松沢, 2005等参照)。図1は2期生が卒業までの4年間に受けた科目名、担当教員、週時間の一覧である[15]。英語英文学科目を太字イタリック体で示した。

授業は少人数クラス (1学年1クラス、通常10〜20名[16]) で、「和漢学」

2期生			
学年	学期	科目 (担当教師)	時間
1年	1	Chemistry (Penhallow)	6
		English (Brooks)	***2***
		Chinese (Nagao)	4
		Algebra (Wheeler)	6
		Agriculture (Brooks)	2
		Manual Labor (Brooks)	6
	2	Geometry (Wheeler)	6
		Chemistry (Penhallow)	6
		Agriculture (Brooks)	4
		English (Brooks)	***2***
		Drawing (Wheeler)	3
		Manual Labor (Brooks)	6

1. 札幌農学校の変容活動

学年	期	科目	時数
2年	1	Agriculture (Brooks)	4
		English (Brooks)	*2*
		Botany (Penhallow)	3
		Physiology (Cutter)	3
		Geometry (Wheeler)	2
		Chemistry (Penhallow)	8
		Military Drill (Kato)	2
		Manual Labor (Brooks)	6
	2	Chemistry (Penhallow)	4
		Botany (Penhallow)	4
		Trigonometry & Surveying (Peabody)	6
		Agriculture (Brooks)	2
		Military Drill (Kato)	1
		Drawing (Peabody)	3
		Practical Horticulture (Penhallow)	3
3年	1	*Composition & Elocution (Cutter)*	*1*
		Fruit Culture (Brooks)	3
		Botany (Penhallow)	3
		Astronomy (Peabody)	3
		Topography (Peabody)	3
		Zoology (Cutter)	6
		Military Drill (Kato)	2
		Topographical Surveying & Drawin (Peabody)	3
		Manual Labor (Brooks)	AR
	2	*English Literature (Cutter)*	*6*
		Mechanics (Peabody)	6
		Elocution (Penhallow)	*1*
		Agriculture (Brooks)	3
		Composition (Cutter)	*1*
		Military Drill (Kato)	2
		Drawing (Peabody)	3
		Practical Horticulture (Penhallow)	2
4年	1	Physics (Peabody)	6
		Agriculture (Brooks)	3
		Agricultural Debate (Brooks)	*2*
		Geology (Kudo)	4
		History (Cutter)	6
		Book-keeping (Peabody)	3
		Military Drill (Kato)	2
		Microscopy (Cutter)	6
		Manual Labor (Brooks)	AR
	2	Engineering (Peabody)	6
		Agriculture (Brooks)	5
		Declamation (Brooks)	*1*
		Veterinary (Cutter)	6
		Political Economy (Cutter)	5
		Military Drill (Kato)	2

図1　2期生のカリキュラム

(Chinese)、「練兵」(Military Drill) を除き、外国人及び日本人により英語で行われていた[17]。このような教授形態は日本英語教育史上、「正則」と呼ばれているが、札幌農学校の正則は、英語と日本語の2言語の熟達を掲げており[18]、現代における「イマージョン・プログラム」に比してほぼ遜色がない[19]。英語科目の多様さ、英語に関連した課外活動の充実が、当時の他の高等教育機関には見られない特徴であった。語彙文法、文書形式などを総合的に扱っていた「英語」(English) と題される科目の他、「作文」(Composition)、「課題演説」(Elocution)、「自作演説」(Declamation)、「討論」(Agricultural Debate)、「英文学」(English Literature) といった科目がそれにあたる[20]。

札幌農学校 1-5 期生が取り組んだと考えられる主な英語活動の関連図を下に示した（図2[21] 参照）。斜字は上述した、科目としてカリキュラムに取り込まれていた活動である。授業で課されていた活動を上部に直線枠、課外での活動を下の2重線枠、付随して学習者が行なっていたであろう活動を点線枠で括った。

諸活動科目としての活動、授業活動、課外活動、それらの付随活動が、それぞれの英語活動を補強し合っていたことが分かる。各授業の冒頭5〜10分は前回の授業内容に関する質問とその応答（図2中「暗誦」）に充て

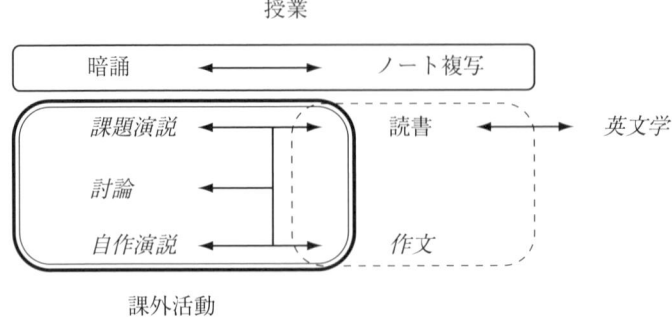

図2　札幌農学校1-5期生の英語活動

られ、その評価は学期末の平常点として計上されていた[22]。授業中に筆記した内容は、改めて別のノートに浄書して提出し、教員の添削を受ける規則があった（図2中「ノート複写」）[23]。質疑に的確に応答するには複写したノート内容を理解する事は無論、その内容を保持しておかなければならない。授業に付随した諸活動は、シェイクスピア（Shakespeare）劇など英文学作品からの抜粋集作成[24]、課題及び自作演説、討論の準備として行われていたであろう「読書」、そして自作演説、あるいは討論のための「作文」があった。また課外活動が教員によって強く促されていたことも大きな特徴であった（例えばAkaishi, 2006）。その中には英語、日本語両言語で演説や議論をなすクラブ活動[25]、長期休暇中の外国人教員との調査旅行があった[26]。図1と合わせて見れば、科目としてのアウトプット活動は、低学年における作文と演説に始まり、最終学年における討論と自作演説によって完結するようになっており、熟達度の進捗も考慮されていたらしいことが分かる。卒業式において選抜された数人が英語及び日本語によって演説をなす慣わしであった[27]。寄宿舎、読書室、当時の東京大学に比肩する数の蔵書（外山, 1992）など、種々の施設、設備が、上記の諸活動を円滑、かつ豊かなものにしていた。非常に体系的な組織、活動プログラムであったと言えよう。

2. 変容活動

　中でもノート複写、課題演説という2つの英語活動は、その活動中、及び活動後において、自己をインプット型からアウトプット型学習者へと導く、いわば変容活動（transformation activity）と呼ぶことが出来るという点において特徴的である。変容活動の1種としてシャドーイング（聞こえた発話を、そのまま、間を開けずに発声する活動）がある。音あるいは文字を媒介としたインプットを通じ、十分に理解したテキストをそのままアウトプットすることによって自己を「テキストの受信者」から「テキストの発信者」へと変容させると同時に、インプット偏重型の学習者に対し、

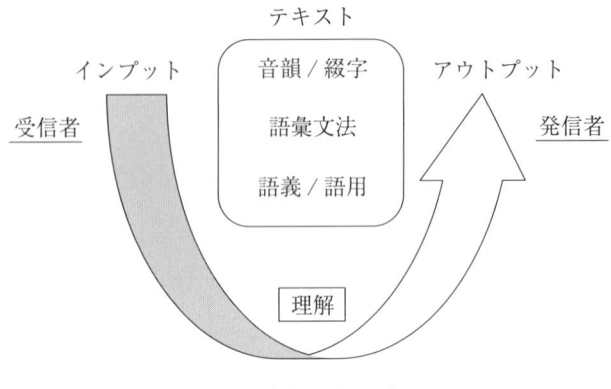

図3　変容活動モデル

出来るかもしれないという将来的期待感、つまり自己効力感（self-efficacy）を高めて学習者を動機づけ（Bandura, 1986）、積極的にアウトプット活動を行おうとするアウトプット志向型へ自己の変容を促す活動である（図3参照）。

　言語情報は、インプット、アウトプットともに同一の諸体系を介して処理される（Halliday & Hasan, 1976；Miller, 1978参照）。音韻・綴字（phonological & orthographic systems）、語彙文法（lexicogrammatical system）、語義・語用（semantic & pragmatic systems）体系である。言語習得には理解可能なインプット（comprehensible input）（Krashen, 1977, 1993参照）及び理解可能なアウトプット（comprehensible output）（Swain, 1985, 1993, 1995参照）の双方が有効であると考えられており[28]、理解可能なインプットとして処理されたテキストを用いたアウトプットは理解可能であるから、一通り成し遂げることさえ出来れば、この活動は非常に効果的であることが予想される。

3．ノート複写の手順、理論、応用案

3-1．手順

　ノート複写の手順は以下の通りであった[29]。

1．札幌農学校の変容活動

(1) 授業内容をノートに書き取る。
(2) 個人で、あるいはクラスメイトと共に、辞書や既存の知識を用いながら聞き取れなかった箇所を補い、聞き違えた箇所を修正する。
(3) 別のノートに綺麗に書き直して提出する。
(4) 教員の添削を見直す。

3-2. 理論

　上記4つの手順にはそれぞれ、書き取り、文章復元、複写、フィードバックの確認、が含まれている。書き取りという作業の結果を、文章復元作業によって再吟味し、その成果を複写してアウトプットすることによりテキストの受信者（聴き手）から発信者（書き手）への変容を促し、フィードバックによって、いわば言い直し（recast）されるところにこの活動の特徴がある。ノート複写を行うことによって、書き取りから作文という、より高度で発信性の強い綴字型アウトプット活動への円滑な橋渡しが可能となる。

　Oller（1972, p. 157）は書き取りを、「音の連なりを、意味のある語、句、節に完成させていく複雑な課題である」と述べた。書き取りは、音を聞きつつ、さらに聞こえてくるであろう語、句、節の予測とその修正をしながら文章を迅速に書き言葉として構築していく能動的な作業である。

　文章復元は、不完全な文章を目で追いながら的確な文章に再現していく作業であるが、語、句、節の意味や構造に対して、より意識的な分析を推し進める必要がある。協同で行われる場合（cooperative learning）、現実に出来るレベルから他者からの援助によって達成し得る領域、いわゆる発達の最近接領域（zone of proximal development）（Vygotsky, 1934/1986）での学習も可能となる。協同学習の効果は多くの研究者の支持を得ている（例えばDörnyei, 1997；Pica & Doughty, 1985；Slavin, 1990）。一方、科目やその能力、性向、社会的背景等、様々な変数によってその効果が減じ、場合によっては逆効果となる可能性を示す報告もある（能力、

性向、社会的背景に関しそれぞれ Li & Adamson, 1992；Huber, Sorrentino, Davidson, & Epplier, 1992；Nyikos & Hashimoto, 1997 を参照）。学習者の自発性に委ねられるべき場合もあることが考えられる。

　このような作業を通しても誤った記述は、いわゆる一過性の誤り（mistake）ではなく、知識の欠如から繰り返し行なわれる誤り（error）である可能性が高い。学習者はフィードバックによって誤りに気づくことが出来、同時に修正箇所以外の英語の正しさに確信を持つことが出来る。

3-3. 応用案

　極めて難度の高いこの活動は、学習者の強い動機を前提とし、教員の添削が行き届くような少人数制のクラスで行なうことが望ましい。イマージョン校や選別クラスを除き、通常の教室での実施はほぼ不可能であろう。

　しかし、ノート複写を英語の授業として簡易的に応用するなら、文法書き取り（grammar dictation）とも呼ばれるディクトグロス（dictogloss）が代替え案として考えられる。ノート複写は、それが協同で行われる限り、手順、理論共にディクトグロスに極めて似ているのである。

　ディクトグロスではまず、通常の速さで読まれる短いテキストを書き取る。その後、小さなグループに分かれ、話し合いの中で不備な箇所を補い、誤りがあれば訂正し合う。グループの成果は教室全体で比較分析され、オリジナル、もしくはそれに近いテキストが復元される（Wajnryb, 1990）。

　ある文法項目の習得を目指すなら、その項目を多く含んだテキストを利用する、理系なら科学や数学、文系なら文学や歴史を素材としてもよい。文章全体の復元が困難であれば、書き取りを部分的にし、書き取りと話し合いを交互に行う、語彙文法的知識に著しい欠如が見られるなら、辞書や参考書の利用を促す、といった様々な工夫が考えられる。明確なグループ分けをしなくてもよい可能性にも留意すべきであろう。

　復元されたテキストに総括的フィードバックとして教員が解説を加え、最終的に完成したテキストを複写し、クラスメイト同士で交換して確認し

てもよい。

4. 課題演説の手順、理論、応用案

4-1. 手順

課題演説の手順は以下の通りであった[30]。
(1) 課題のテキスト（名士の演説や詩）を覚える。
(2) 教壇に立ち、身振り手振りを加えながらより劇的な表現を試みる。
(3) 教員はその身振り、発声、抑揚等に関して指導する。

4-2. 理論

上記3つの手順にはそれぞれ、暗誦、劇化（dramatization）、フィードバックの確認、が含まれている。暗誦によってテキストを自動化（automatization）、つまり解読（decoding）に注意（attention）を向ける必要なしに言語情報を理解し、発話出来るような状態（LaBerge & Samuels, 1974；Samuel, 1979, 1994 参照）とし、劇化における感情移入によってテキストの受信者（読み手）から発信者（話し手）への変容を促して、より効果的な演説にするための包括的なフィードバックを施されるところにこの活動の特徴がある。課題演説を行うことによって暗誦から討論、自作演説という、より高度で発信性の強い音韻型アウトプット活動への円滑な橋渡しが可能となる。

課題演説の中心は演説のための準備作業にある。準備のための暗誦は、演説の発表に向けた、テキストの理解、暗記、劇化という過程を巡る、音読の繰り返しである。その内容を聴衆に理解させ、共感や賛同を得られるよう分かりやすい発声、句読、抑揚を心がける必要があるという点で、演説は単なる音読と一線を画し、音読が、意味理解を無視した音の読み上げに留まってしまうという懸念（Curtain & Pesola, 1994, p. 127）はない。

また、暗誦は、その回を重ねるにつれ、ネイティヴのような言語使用の流暢さ（nativelike fluency）と適切さ（nativelike selection）を導くと言

われる語彙項目（lexical items）（1つの意味をなす1語以上の塊。例えば hair、trafic jam、set up with、What's up ?）や語彙文茎（lexicalized sentence stems）（慣用表現を含む語彙化された文構造。例えば NP be-TENSE sorry to keep-TENSE you waiting）への精通（Parley & Sider, 1983）、つまり、知識の広さ、深さだけではなく、その運用の正確さ、流暢さの伸長を促す。この精通による処理速度の向上が自動化を導く（Samuels, 1979, p. 405）のである。人は、言語情報を限られた注意能力の中で処理（processing）しつつ短期的に保持（storage）している（Baddeley, 2002；Baddeley & Hitch, 1974 等）ため、音韻・綴字や語彙文法の理解に注意が向けられてしまうと意味の把握が困難になる（LaBerge & Samuels, 1974）。理解出来なかった速度の発話でも、それを理解し、その速度で発話する練習を繰り返して暗誦にまで至ることが出来れば、もう一度、先の速度で発話されたとしても難なく理解出来るはずである。それは仮初めにも――反復しなければいつかは忘れてしまう――その発話内容に精通し、自動化を成し遂げることが出来た証左であると言えよう。

　その意味で劇化は暗誦によって自動化されたテキストをより「現実的にする」作業であるとも言える。言語教育において劇的活動（dramatic activities[31]）を推進する教育者の多くが共有する見解は、言語学習が認知的（cognitive）であると同時に情緒的（affective）であるという主張であり（例えば J. Arnold & Brown, 1999；R. Arnold, 2005；Bolton, 1979；Maley & Duff, 1978）、その妥当性は脳神経科学の領域で臨床的に解明されてきた（例えば Damasio, 1994, 2003[32]）。現実には感情のない発話、つまり抑揚、表情や身振りのない言葉が伝達されることはない。それらの用いられ方、用いられる状況はスキーマ（過去の経験により形成される知識体系）化している（Bartlet, 1932）ため、言語そのものと切り離して学習する事は不自然であり、理に適っていない。逆に、意味理解の曖昧な、正確かつ流暢に読むことの困難な文章を用いて、感情を思い通りに表現す

ることもまた不可能であろう。つまり暗誦が自動化を、自動化が劇化による感情移入を可能にし、劇化による感情の移入が自動化された表現をより現実的なものにすると言える。劇化作業の反復により、学習者はテキストの真似（imitation）からテキストの同化（assimilation）へ転じ、テキストの受信者から発信者への変容を体感するのである（Akaishi, 2006）。

そのように考えると、課題演説におけるフィードバックは、テキストが暗記されているか、自動化されているかどうかに対する評価に加え、言語情報がいかに現実的に、効果的に伝達されているかといった観点の評価でもあると言える。

名士の演説や詩を課題として取り上げていたことにも注目すべきであろう。札幌農学校生徒は北海道開拓の指導者として学んでいたため、将来的な演説の必要性を理解することは容易であった[33]。効果的な演説をしなければならない自己（ought self）、そうありたい自己（ideal self）、失敗した場合の自己（feared self）の姿を明確に思い描くことが出来たはずである。これら3つの自己の創出により、学習は強く動機づけられるのである（Higgins, 1987；Markus & Nurius, 1986 参照）。

4-3. 応用案

課題演説は、必ずしも学習者の高い熟達度を前提とする活動ではない。しかし、文化的背景、性格、年齢、信念などにより、個人的表現活動に対して気恥ずかしさが誘発され、円滑な感情移入に妨げが生じる懸念がある。劇的活動における寸劇（short dramatic performance）が代替え案として考えられる。課題を演説に制限しない限り、課題演説は、手順、理論共に寸劇そのものであると言ってよい。

寸劇において、学習者は教員によって定められたテキストを、定められた役割の中で、暗誦し、実演するが[34]、その内容は対話であったり、発表形態はグループであったりするなど、柔軟性が高く、適宜協同学習を行えるだけでなく、課題を分かち合うことで個人的な不安や気後れを軽減する

ことが可能である。

学習者のニーズを斟酌した課題選びが必須となる。映像を用い、教員が映像に合わせて模範を示してもよいであろう。英語使用者として教員という身近な存在を理想とすることは、学習者にとって大きな動機づけとなる（Schunk, 1987 参照）。

テキストの理解には、意味、構造は無論、テキストの作者や時代、登場人物の来歴や性格など、テキストの背景を調査し、考え、役割に対し感情移入が容易な状態を作り出す時間を設ける、暗誦や劇化の準備を授業中に行って、その間、教員が巡回して学習者の作業を支援する、発表後は学習者全員で意見を述べ合い、優れていた点、改善すべき点など、教員が進行役となって議論する、といった工夫が考えられる。

5. 実践例

筆者は以上のような理論と応用案を基に、約30名の大学生のクラス（TOEIC400点前後）に対し、ノート複写と課題演説という2つの変容活動の諸要素を結び付けて1コマ90分の授業を試みている。素材は映画である。授業価値を高めるため、スクリーンプレイ未公刊のものを選んでいる。外国語としての英語を学ぶ上では、どのような場面で、どのようなしぐさや表情で、どのような表現が実際に用いられているのかを知ることは非常に困難である。しかしながら映像は、そのような困難な「現実」、つまり感情やそれに伴う言葉の抑揚やリズム、身体表現を含む言語使用の「局面」を余すところなく提供してくれる。中でも映画は、その物語的連続性——諸事象は文化特有の物語性において学ばれ、表現される［Bruner, 1990］——、及びテーマの普遍性において、多くの学習者に有効であると考えられる[35]。動機づけの観点から言えば、共感を与える映画、そうならねばならない、そうなりたいと思えるような人物や設定を含み、かつ実際に学習者が英語を用いて遭遇するであろう場面を多く含むものがよい。

通年の授業で1本の映画を見終えた後、字幕なしで当該映画の鑑賞が出

1．札幌農学校の変容活動

来る、という長期的目標の下にテキストを作成している。テキストは、毎回 A4 で約 3 ページからなるスクリーンプレイ（字幕以外の台詞も反映させたもの）で、部分書き取りを行うため 1 行ごとに 1 語程度の割合で空欄にしてある。その日の学習者の理解を見ながら変えることもあるが、教員の手順は概ね以下の通りである。

(1) 学習箇所の確認。映像（映像は全て日本語字幕つきにしている）を 1 度流す。物語の流れ、場面、人物の動きを確認する。毎回 5 分前後の長さである。

(2) 部分書き取り。映像を 3 度流し、空欄を補充する。この間、頻出度の高い表現や、生徒に難解であろうと思われる表現（発音、及び構造）に関し解説を加えるための板書をしておく（クラスの目的とレベルによってその内容が異なる）。

(3) 文章復元。空欄の補充に関し、辞書を活用しながら周囲のクラスメイトと話し合うよう指示する。教室を巡回して活動状態を把握し、適宜質問に応じる。この際、教員は、文章復元の意識を高めるため、聞こえた音、文脈、文章構造に注目して知恵を出し合うよう折に触れて注意する。

(4) 2 回目の書き取りと文章復元作業。映像をもう 1 度流し、再び話し合いの時間を設ける。

(5) 総括的フィードバック。映像を見ながら空欄に入る語を聞いていく。正答を板書しながら先に示しておいた解説を加え、適時、発音や劇化の練習を行う。

(6) 暗誦、劇化、個人的フィードバック[36]。全ての台詞を物語の流れに沿って真似るよう促す。特に興味ある台詞を暗誦し劇化するよう働きかける。教室を巡回し、質問があれば必ずするように声をかけ、適宜個人的に指導する。

(7) 小テスト。いくつかの場面を抜粋し、10 語の空欄のあるテストを 5 分間実施する。毎回の目標を示してその達成を実感させるため、教

員が各生徒の取り組みと理解度を確認するために行う。点数化して平常点とする。期末テストには、小テストをまとめた形式のものを筆記で、かつ、ある場面のまとまった台詞の寸劇を行う。

おわりに

札幌農学校1-5期生は、札幌農学校における教育によってのみ、その英語力を伸長させたわけではない。その多くがいわゆる幕末、武士、もしくは元来武士であった豪農、豪商といった政治的・経済的指導者層に生まれ、特権階級の学問であった漢学（少なくともその初歩である素読）を幼少より、10代半ばから英語を学び始めて札幌農学校入学以前の中等教育において既に英語によるイマージョン教育を受けていた。将来の活躍を嘱望された、いわばエリート集団だったのである。しかも彼らの回想の多くからは、自らの能力と目標を見定め、そのためにどうすべきか考え、行動を観察し、評価するといった一連の自己調整が機能していたことが確認出来る。英語学習の動機が非常に高く、自律が成熟していたと言えよう（Akaishi, 2010）。

本論で扱った2つの変容活動――ノート複写と課題演説――はそのような条件の下に行われていた。2つの活動を現代に応用するに当たり、注意すべきはこれらの前提である。学習者の背景やニーズが多様化した現代の一般的教育機関にあっては、彼らの活動をそのまま採用して同様の効果を得ることは困難であろう。効果が大きいと考えられる代わりに、相応の負荷がかかる。その負荷に取り組めるだけの動機づけが最も留意すべき点であり、また難しい点でもある。学習者環境、学習者集団、あるいは学習者個人の差異に応じ、周到かつ臨機応変な工夫が要求される。素材はクラス全体の必要性、嗜好、熟達度を吟味した上で導入し、作業の進め方は、学習者の反応を観察して実践の中で随時修正する必要がある。さらに教員の助言と励ましが適時個人に与えられれば、学習者はより自律的に活動に取り組むようになるはずである。我々は「うまく出来ること、自信をもって

取りかかれ、達成感をもって従事出来ることに関心を持つ」(Dewy, 1913, p. 35-36)。学習者の自己に対し、英語活動をいかに深く関わらせることができるか―教員は常に念頭に置く必要がある。

注
1) ただし、1886（明治19）年1月、北海道庁への移管後の一時期（同年4月30日まで）、公式には単に「農学校」とされた時期があった（山田, 1981, pp. 771-772）。札幌農学校は1882（明治15）年2月の開拓使廃止に伴い、その管轄先を、農商務省農務局、翌年1月に同省北海道事業管理局へ、そして上述の北海道庁へと変えている。
2) 開拓使は、クラークの招聘決定以前、既にマサチューセッツ農科大学を札幌農学校のモデルとして考えていた（『北大百年史』札幌農学校史料［一］, 1981, p. 161）。最終的にクラークを推挙し、仲介したのは森有礼、吉田清成ら駐米外交官と接点のあった当時のコネティカット州教育長ノースロップ（B. G. Northrop）であった（同書, pp. 195-197）。
3) "First Annual Report" (1877), p. 41.
4) 開拓使廃止後、カリキュラムは何度か改正を試みられてはいたものの、その認可は見送られていたが、「本学期ヨリ施行間ニ合ハス」とある1885（明治18）年8月14日の「校則改正に付伺」において提出されたカリキュラム（『北大百年史』札幌農学校史料［一］, 1981, p. 767-769）と "Sixth Annual Report" (1888) 中にある1886（明治19）年度のカリキュラムが全く同一であることから『校則改正に付伺』は認可されていたものと考えられ、少なくとも1886（明治19）年9月、つまり6期生4年次において暫定的改正があったと考えられる。この4年次後期に「卒業論文（Graduating Essays）」が始めて組み込まれた。
5) 1期生。『東京日日新聞』紙、英文欄担当。英語によるシェイクスピア劇を日本で初めて上演した（外山, 1992, p. 126）。
6) 1期生。北海道帝国大学初代総長。Sato (1886) 等、農学における論文が

Ⅰ．英語教育学研究

ある。日米交換教授。

7) 2期生。キリスト教伝道者。Uchimura (1895) 等の著書多数。『万朝報』紙、英文欄を担当。

8) 2期生。第一高等学校長。東京帝国大学教授。国際連盟事務次長。Nitobe (1899) 等、著書多数。日米交換教授。

9) 2期生。東京帝国大学教授。Hiroi (1888) 等、土木工学における論文多数。

10) 2期生。北海道帝国大学教授。Miyabe (1890) 等、植物学における論文多数。

11) 3期生。外務省翻訳課課長。後の駐米大使、斎藤博の父。

12) 4期生。内閣秘書官を経て *The Japan Times* 紙創刊、初代主筆。

13) 4期生。早稲田大学教授。『英語青年』誌、*Japan Year Book* 誌創刊。武信由太郎 (1918) や参考書等、著書多数。

14) 4期生。シカゴ大学準教授を経て東京帝国大学教授。動物学における論文多数。

15) Akaishi (2010, pp. 145-147) を基に作成。5期生までのカリキュラムは概ねこれに同様。AR は as required の略で随時行われていたことを示す。

16) 1期生は24名入学、11名中退、13名卒業。2期生は18名入学、一時20名、7名中退、10名卒業（3名3期生として卒業）。3期生は18名入学、一時19名、4名中退、18名卒業。4期生は20名入学、1名中退、17名卒業（1名5期生、1名6期生として卒業）。5期生は20名入学、7名中退、12名卒業（1名7期生として卒業）。卒業生数を除き、史料により若干の差異がある。主に各年報（"Annual Report", 1877-1886)、『北大百年史』札幌農学校史料（一）(1981) 及び『北大百年史』札幌農学校史料（二）(1981) に依拠したが、最終的な誤差は他の参考文献史料との考証により確定した。

17) 1-5期生を教授した教員は米人6、英人1人、日本人8人であった。各教員が教授した1-5期までのクラス、主な担当教科は以下の通りである (Akaishi, 2010, p. 159)。クラーク (W. S. Clark)、1期生、植物学。ホィー

ラー（W. Wheeler）、1-3期生、数学・土木工学。ペンハロー（D. P. Penhallow）、1-3期生、植物学・化学。ブルックス（W. P. Brooks）、1-5期生、農学・英語。カッター（J. C. Cutter）、1-5期生、生理学・解剖学・英文学。ピーボディ（C. H. Peabody）、1-4期生、数学・土木工学。サマーズ（J. Summers）、3-4期生、英語。長尾布山、1-2期生、和漢学。加藤重任、1-5期生、兵学。市郷弘義、3-4期生、数学。宮崎道正、3-4期生、化学。工藤精一、2-5期生、地質学・化学。橘協、3-5期生、数学・土木工学。豊原百太郎、4期生、化学。高田信清、5期生、兵学。

18) "First Annual Report"（1877），p. 48.

19) Swain & Johnson（1997）はイマージョン・プログラムが持っている特質として、(1) 第2言語が教授言語であり、(2) 母語におけるカリキュラムに準じ、(3) 母語は肯定され、かつ教えられ、(4) 付加的なバイリンガリズムを目的とし、(5) 第2言語による教授と使用が教室にのみ制限され、(6) 入学する生徒の第2言語の熟達度は同等であり、(7) 教員はバイリンガルであり、(8) 教室環境は母語集団における文化に準ずる、という計8項目を挙げている。初期の札幌農学校に欠けていたものとして項目 (7) が挙げられよう。確かに、来札時から日本語を話せたと思われるのは4期生に英語を教授したサマーズ1人で（Summers, 1881, p. 37）、その他には、ブルックスが日本語の理解に積極的であったことがその書簡に確認出来るに過ぎない（例えばBrooks, 1877）。ピーボディ及びカッターにおいて日本語を学習した、あるいは話した記録はなく、クラーク、ホィーラー、ペンハローもまた来日時に初歩的な日本語学習をしたに留まっている（例えばClark, 1876；Wheeler, 1876）。しかし母語である日本語教育に対し教員が異を唱えていたという史料は見つかっていない。項目 (5) に関しては、本文にもあるように全く制限されていず、むしろ教員によってその使用を促されていたことが分かっている。

20) ElocutionとDeclamationで行われていた内容は異なっていた（例えば "Second Annual Report", 1878, p. 101；『宮部金吾』, 1996, p. 60）。日

Ⅰ. 英語教育学研究

本語においてその内容を明確に区別するため、本稿では Elocution を「課題演説」、Declamation を「自作演説」とした。Agricultural Debate は別名 Extempore Debate とも記される場合がある（例えば "First Annual Report", 1877, p. 47）ように、あくまで英語による討論を目的としていたと考えられるため、和名を単なる「討論」とした。

21) これらの活動の多くはクラークの出身校であり、教授を務めていたアマースト大学（Amherst College）や学長であったマサチューセッツ農科大学にも見られる。しかしノート複写が札幌農学校にあって他に確認出来ないところを見ると、その目的は、英語による授業の理解不足の解消もさることながら、英語能力そのものの伸長を考慮していたと考えてよいであろう。あるいはクラークが彼のドイツ留学時代、ドイツ語習得に苦心する中で試みていた方法であったかもしれない。彼の留学時代、少なくともその初期においては、指導教授ヴェーラー（F. Wöhler）の助手によるドイツ語の援助を受けていたことが彼の書簡に記されている（Clark, 1850）。

22) "First Annual Report"（1877）, pp. 42-43. 2期生宮部金吾の回想（『宮部金吾』, 1996, p. 60）にその実践が裏付けられ、4期生志賀重昂の日記（亀井・松木, 1998）及び "Sixth Annual Report"（1888, p. 129）（文中の "daily marks" は暗誦点）により、少なくとも 1887（明治 20）年における組織再編までの継続が確認出来る。

23)「ノート複写」（note-copying）の名は以下のクラークによる記述を基に名づけた。"The students should be constantly required to take notes of all information imparted which is not contained in the text-book, and should carefully copy them into a suitable book. The note books of the students should be critically examined and corrected by the teacher in all cases"（"First Annual Report", 1877, p. 47）。ノート複写が組織的にいつ頃まで行われていたのか定かではないが、ブルックスの手による "Fourth Annual Report"（1880, pp. 70-71）、4期生志賀重昂の日記（亀井・松木,

1998) にもノート提出に対する言及が見られる。ブルックスが 1888 (明治 21) 年までの在任で、1886 (明治 19) 年 4 月から翌年 3 月まで教頭心得を務めていたことを考えると、"Sixth Annual Report" (1888) に記述はないものの、少なくとも 1887 (明治 20) 年の組織再編までは行われていたのであろう。

24) 赤石 (2010) は、この活動が教員カッターの指示で行われていた可能性を指摘している。

25) 例えば「開識社」と呼ばれるクラブ。『北大百年史』札幌農学校史料 (一) (1981, pp. 264-265) にその設立の主旨とクラークの推薦文がある。

26) "First Annual Report" (1877), p. 34. 1 期生内田瀞による調査旅行の記録は全て英語で記されている (北海道開拓記念館所蔵内田家史料 No. 117522)。

27) 1 期生の記録は "Fifth Annual Report" (1881)、2-5 期生の記録は "Sixth Annual Report" (1888) に記されているが、6 期生において行われたのか否か、現時点では不明。

28) 認知的反応が、意味を求める努力 (Bartlet, 1932) であり、人の行為の原因が意味の追求 (Bruner, 1990) であるとするなら、言語による意志、感情、思想の伝達内容を受け取れない、あるいは送ることが出来ないという事態は、認知や行為における意味追求の未遂である。理解不能なインプット及びアウトプットの有効性は、認知的にも、行動の動機づけという側面からも乏しい。仮にインプットが音韻・綴字、あるいは語彙文法の処理相に留まる、あるいはそこに焦点をあてたものだったとしても、関連性のない記号の結合は記憶の保持においても非効率的である (例えば Miller, 1956；Baddeley, 2002)。

29) "First Annual Report" (1877, p. 47)、大島 (1993, pp. 100-101)、小野 (1930) 等。

30) 『宮部金吾』(1996, pp. 60) 及び大島 (1993, p. 104) 等。

31) 様々な定義をもって用いられる語であるが、本稿では、広く、同一視及

び同化行動（acts of identification and impersonation）（Kao & O'Neill, 1998, p. 4）と定義する。

32）これら一連の著作の中で、Damasio は、知覚が引き起こす「身体の変化（脈拍、筋肉の緊張など）」を情動（emotion）、その「身体の変化の知覚」が感情（feeling）であると述べ、人の思考、意志決定の選択肢は、感情によって自動的に絞り込まれる、というソマティック・マーカー仮説（somatic marker hypothesis）を展開している。例えば過去に A という事象により事象 B が生じて不快な感情を抱いていれば、それは身体的に記憶されるため、後に A がおこると不快な感情が現れて自動的に B を回避する。これは、知覚されたある事象が過去に記憶した情報により統覚されるという認知のプロセスに、情動及び感情が深く関与していることを示唆している。

33）大島（1993, p. 104）あるいは早川（1907, p. 47）等。

34）寸劇は、教員が、学習者の裁量、活動を制限するという性格から、自由で実際的な演習が不可能で、学習効果が低いとの指摘がある（Kao & O'Neill, 1998；Maley & Duff, 1978 等）。しかし外国語として英語が学ばれている環境においては、学習者に対するインプット、あるいは言語知識そのものが不足している可能性が高く、高度な劇的活動——例えばプロセス・ドラマ（process drama）（教員と学習者で仮想世界を創造し、その中で起こる問題を目標言語によるコミュニケーションによって即興劇的に解決していく活動）——にいきなり従事することは困難である。学習者の英語活動の行く先を見据えさえすれば、熟達度における準備性（readiness）、また動機づけにおいても寸劇は学習者にとって有効な橋渡し的アウトプット活動となるはずである。

35）このように考えると、かつて英文学が日本の英語教育に及ぼしていた役割を映画が、ある程度、引継いでいると言える。確かに、映画は背景描写に乏しく、前景化・異化された表現が、学習者に対し語彙文法的気づきを促す、という学習素材としての文学の持つ有効性（Akaishi, 2010）

に欠ける。学習者を文学というある1つの言語が有する表現の究極に導く橋渡し的素材として映画を活用する――例えば、映画化された小説や劇を、その原作と併用する――ことも可能であろう。

36) 学習者が各自のPCを操作できるインターネット接続環境にあり、かつ素材と同じ映画の学習用ソフト（例えば『超字幕』[ソースネクスト]では台詞の前後移動、繰り返しが極めて容易。辞書やクイズも用意されている）やシステム（例えばMoodle）があらかじめ利用可能な教室であれば、学習者が主体的に活動に参加できるために、学習者を動機づけ、より自律的な学習が実現出来る（例えばDeci & Ryan, 1985）。CALL教室であれば、例えばCalabo（チエル）のMovieteleco を利用して操作性を高め、画像を配布したり、自分の声を録音してモニターし、自他の能力や熟達の過程を評価することも出来る。

参考文献

Akaishi, K.（2006）. The transformation of learners: A study of elocution in Sapporo Agricultural College. *Bulletin of the International Society for Harmony and Combination of Cultures, 8*, 42-47.

赤石恵一（2008）.「札幌農学校のイマージョン・プログラム―1・2期卒業生英語学習の軌跡―」『日本大学大学院総合情報研究科紀要』8、125-136.

赤石恵一（2009）.「札幌農学校教授J. C. Cutterとその英語英文学講義」『日本英語教育史研究』24、45-64.

Akaishi, K.（2010）. Good foreign language learners: A case study on the graduates of Sapporo Agricultural College 1880-1885. *Language and Culture, special number*, pp. 1-293.

赤石恵一（2010）.「札幌農学校初期卒業生におけるShakespeare 劇抜粋集」『日本英語教育史研究』25、69-88.

Arnold, J., & Brown, H. D.（1999）. A map of the terrain. In J. Arnold（Ed.）, *Affect in language learning*（pp. 1-24）. Cambridge, England: Cambridge

I. 英語教育学研究

University Press.

Arnold, R. (2005). *Empathic intelligence: Teaching, learning, relating.* Sydney: University of New South Wales Press.

馬場宏明 (1998). 『大志の系譜――一高と札幌農学校』北泉社.

Baddeley, A. D., & Hitch, G. J.(1974). Working memory. In G. A. Bower(Ed.), *Recent advances in learning and motivation* (Vol. 8, pp. 47-90). New York: Academic Press.

Baddeley, A. D. (2002). Is working memory still working? *European Psychologist, 7* (2) , 85-97. (Reprinted from *American Psychologist, 56,* 849-864, 2001)

Bandura, A. (1986). *Social foundations of thought and action: A social cognitive theory.* Englewood Cliffs, NJ: Prentice Hall.

Bartlett, F. C. (1932). *Remembering: A study in experimental and social psychology.* Cambridge, England: Cambridge University Press.

Bolton, G. M. (1979). *Towards a theory of drama in education.* Hong Kong: Longman.

Brooks, W. P. (1877, April 22). [Outgoing letters: Rebecca Brooks]. William Penn Brooks Papers, 1863-1939 (RG 3/1 Brooks, Box 1, 3: 6, 1). Special Collections & University Archives, University of Massachusetts Amherst, Amherst, MA.

Bruner, J. (1990). *Acts of meaning.* Cambridge, MA: Harvard University Press.

Clark, W. S. (1850, November 28). [To father, mother, sisters, from Goettingen]. William Smith Clark Papers, 1814-2003 (RG 3/1 C63, Box 4:2). Special Collections & University Archives, University of Massachusetts Amherst, Amherst, MA.

Clark, W. S. (1876, July 5). [Typed copies of letters to wife: Tokyo, people and sights, July 4 party, Japanese music]. William Smith Clark Papers,

1814-2003 (RG 3/1 C63, Box 4:14). Special Collections & University Archives, University of Massachusetts Amherst, Amherst, MA.

Curtain, H & Pesola, C. A. B. (1994). *Languages and children: Making the match* (2nd ed.). New York: Longman.

Damasio, A. (1994). *Descartes' error: Emotion, reason, and the human brain.* New York: Penguin Books.

Damasio, A. (2003). *Looking for Spinoza: Joy, sorrow, and the feeling brain.* New York: Harcourt.

Deci, E. L., & Ryan, R. M. (1985). The general causality orientations scale: Self-determination in personality. *Journal of Research in Personality, 19,* 109-134.

Dewey, J. (1913). *Interest and effort in education.* Boston: Houghton Mifflin.

Dörnyei, Z. (1997). Psychological processes in cooperative language learning: Group dynamics and motivation. *Modern Language Journal, 81* (4), 482-493.

蝦名賢造 (1991). 『札幌農学校―日本近代精神の源流』新評論.

Fifth annual report of Sapporo Agricultural College, Japan. (1881). Tokyo: Kaitakushi.

First annual report of Sapporo Agricultural College, 1877. (1877). Tokyo: Kaitakushi.

Fourth annual report of the Sapporo Agricultural College, Japan. For 1879-1880. (1880). Tokyo: Kaitakushi.

Halliday, M. A. K., & Hasan, R. (1976). *Cohesion in English.* New York: Longman.

早川鉄冶 (1907). 「我輩は俗人となれり」『中学世界』10 (4), 44-51.

Higgins, E. T. (1987). Self-discrepancy: A theory relating self and affect. *Psychological Review, 94,* 319-340.

Hiroi, I. (1888). *Plate-Girder Construction.* New York: D. Van Nostrand.

Ⅰ. 英語教育学研究

『北大百年史』札幌農学校史料（一）（1981）. ぎょうせい.

『北大百年史』札幌農学校史料（二）（1981）. ぎょうせい.

Huber, G. L., Sorrentino, R. M., Davidson, M. A., & Epplier, R. (1992). Uncertainty orientation and cooperative learning: Individual differences within and across cultures. *Learning and Individual Differences, 4* (1), 1-24.

亀井秀雄・松木博 編（1998）.『朝天虹ヲ吐ク―志賀重昂「在札幌農学校第貳年期中日記」』北海道大学図書刊行会.

Kao, S.-M., & O'Neill, C. (1998). *Words into worlds*. Stamford, CT: Ablex Publishing.

Krashen, S. D. (1977). The monitor model of adult second language performance. In M. Burt, H. Dulay, & M. Finocchiaro (Eds.), *Viewpoints on English as a second language* (pp. 152-161). New York: Regents.

Krashen, S. D. (1993). *The input hypothesis: Issues and implications.* Torrance, CA: Laredo.

LaBerge, D., & Samuels, S. J. (1974). Toward a theory of automatic information processing in reading. *Cognitive Psychology, 6,* 293-323.

Li, A. K., & Adamson, G. (1992). Gifted secondary students' preferred learning style: Cooperative, competitive, or individualistic? *Journal for the Education of the Gifted, 16* (1), 46-54.

槇忠一郎（1941）.「我等の札幌農学校」『札幌同窓会報告』64, 5-12.

Maley, A. & Duff, A. (1978). *Drama techniques in language learning.* Cambridge, England: Cambridge University Press.

Markus, H., & Nurius, P. (1986). Possible selves. *American Psychologist, 41* (9), 954-969.

松沢真子（2005）.『札幌農学校の忘れられたさきがけ―リベラル・アーツと実業教育』北海道出版企画センター.

Miller, G. A. (1956). The magical number seven, plus or minus two: Some limits on our capacity for processing information, *Psychological Review, 63,* 81-97.

Miller, G. A. (1978). Semantic relations among words. In M. Halle, J. Bresnan, & G. A. Miller (Eds.), *Linguistic theory and psychological reality* (pp. 60-118). Cambridge, MA: MIT Press.

Miyabe, K. (1890). The flora of the Kurile Islands. In *Memories of Boston Society of Natural History* (Vol. 4. No. 7, pp. 203-275). Boston: Boston Society.

『宮部金吾』(1996). 大空社.

永井秀夫 編 (1980). 『日本近代史における札幌農学校の研究』北海道大学.

Nitobe, I. (1899). *Bushido, the soul of Japan: An exposition of Japanese thought.* New York: G. P. Putnams' Sons.

Nyikos, M., & Hashimoto, R. (1997). Constructivist theory applied to collaborative learning in teacher education: In search of ZPD. *Modern Language Journal, 81* (4), 506-517.

Oller, J. W., Jr. (1972). Scoring methods and difficulty levels for cloze tests of proficiency in English as a second language. *Modern Language Journal, 56* (3), 151-158.

小野琢磨 (1930). 『吾前半生』小野琢磨.

大島正健 (大島正満・大島智夫 補訂) (1993). 『クラーク先生とその弟子たち』教文館.

太田雄三 (1995). 『英語と日本人』講談社.

Pawley, A., & Syder, F. H. (1983). Two puzzles for linguistic theory: Nativelike selection and nativelike fluency. In J. C. Richards & R. W. Schmidt (Eds.), *Language and communication* (pp. 191-226). London: Longman.

Pica, T., & Doughty, C. (1985). The role of group work in classroom second language acquisition. *Studies in Second Language Acquisition, 7,* 233-

248.

Samuels, S. J. (1979). The method of repeated readings. *Reading Teacher, 32,* 403-408.

Samuels, S. J. (1994). Toward a theory of automatic information processing in reading, revisited. In R. B. Ruddle, M. R. Ruddle & H. Singer (Eds.), *Theoretical models and processes of reading* (4th ed., pp. 816-837). Newark, DE: International Reading Association.

Sato, S. (1886). *History of the land question in the United States.* Baltimore, MD: N. Murray.

Second annual report of Sapporo Agricultural College 1878. (1878). Tokyo: Kaitakushi.

関正夫 (1983).「札幌農学校の教育――一般教養教育を中心として―」『大学論集』12, 75-98.

Schunk, D. H. (1987). Peer models and children's behavioral change. *Review of Educational Research, 57* (2), 149-174.

Sixth report of the Sapporo Agricultural College, covering the years 1881-1886 inclusive. (1888). Sapporo, Japan: Hokkaidocho.

Slavin, R. E. (1990). Ability grouping, cooperative learning and the gifted. *Journal for the Education of the Gifted, 14* (1), 3-8.

Summers, J. (1881). Report on the department of instruction in English. In *Fifth annual report of Sapporo Agricultural College, Japan* (pp. 33-37). Tokyo: Kaitakushi.

Swain, M. (1985). Communicative competence: Some roles of comprehensible input and output in its development. In S. Gass & C. Madden (Eds.), *Input in second language acquisition* (pp. 235-253). Rowely, MA: Newbury House.

Swain, M. (1993). The output hypothesis: Just speaking and writing aren't enough. *Canadian Modern Language Review, 50* (1), 158-164.

Swain, M. (1995). Three functions of output in second language learning. In G. Cook & B. Seidlhofer (Eds.), *Principle and practice in applied linguistics* (pp. 125-144). Oxford, England: Oxford University Press.

Swain, M., & Johnson, R. K. (1997). Immersion education: A category within bilingual education. In R. K. Johnson & M. Swain (Eds.), *Immersion education: International perspectives* (pp. 1-16). Cambridge, England: Cambridge University Press.

武信由太郎　編（1918）.『武信和英大辞典』研究社.

Third annual report of Sapporo Agricultural College, Japan. 1879. (1879). Tokyo: Kaitakushi.

外山敏雄(1992).『札幌農学校と英語教育―英学史研究の視点から―』思文閣.

Uchimura, K. (1895). *How I became a Christian: Out of my diary.* Tokyo: Keiseisha.

Vygotsky, L. (1986). *Thought and language* (A. Kozulin, Ed. & Trans.). Cambridge, MA: MIT Press. (Original work published 1934)

Wajnryb, R. (1990). *Grammar dictation.* Oxford, England: Oxford University Press.

Wheeler, W. (1876, July 4). [Wheeler, William, Correspondence from Japan (typescripts), To mother]. William Wheeler Papers, 1900-1910 (RG 2/3 W54, Folder 3). Special Collections & University Archives, University of Massachusetts Amherst, Amherst, MA.

Willcock, H. (2000). Traditional learning, Western thought, and the Sapporo Agricultural College: A case study of acculturation in early Meiji Japan. *Modern Asian Studies, 34* (4), 977-1017.

山田博司（1981）.「解説」『北大百年史』札幌農学校史料（二），ぎょうせい, 761-812.

2. 日本人英語学習者における嗜好についての一考察
　　―オーラル・コミュニケーション授業の場合―

　　　　　　　　　　　　　　　　　　　　大場　衣織

はじめに

　本研究はオーラル・コミュニケーション授業に対して学習者が好むことを 2011 年度アンケート調査により調べたものである。オーラル・コミュニケーション授業の中でも特に学習者―教師間で行われる会話のやり取りであるインタラクションに対する学習者の嗜好・希望を調べた。

　アンケートの内容は次の 3 項目である。第 1 項目は、学習者が誤った発話を行ったとき、教師に訂正されることを望むのか、望まないのか、訂正に対する希望に焦点を当てている。第 2 項目は、どの位の頻度で訂正を望むのか、頻度に焦点を当てている。第 3 項目は、どのタイプの訂正の仕方を学習者は好むのか、訂正のタイプに焦点を当てている。これら 3 項目に関する質問を日本の私立高校に通う 1 年生 72 人に行った（進学クラスと普通クラスに所属する学生）。その結果、オーラル・コミュニケーション授業内に学習者が自ら英語の誤りをした場合、高い割合で教師から訂正をされたいと回答している。また、訂正を受ける頻度に対する好みには多様性が見られた。特にレベルが高いクラスの対象者はその好みにばらつきがあった。教師から与えられる訂正の仕方の好みは以下である。進学クラス、普通クラスでの結果を統合すると、学習者の音韻的誤り、語彙的誤りに対して、学習者は教師から正しいお手本であるインプットを与えられる訂正を好む傾向にあった。一方、文法的誤りに対しては、発話に誤りがあるこ

とを警告され、さらには正しいインプットが与えられる訂正を好む傾向にあった。

1. 先行文献

本研究は、第二言語・外国語学習者の発話内に誤りがあった場合、学習者は教師にどのように対処してもらうことを望むのかを調べた研究である。オーラル・コミュニケーション授業のような第二言語・外国語学習者とネイティブ・スピーカー教師間の会話のやり取りを調査した研究は過去に多くある。このような研究はクラスルーム研究（classroom research）と呼ばれる分野に属し、クラスルーム研究とは第二言語・外国語を学ぶ教室で実際に何が起こっているのかを調査する研究のことを指す。

1960年代まで、クラスルーム研究においては実験による研究が広く行われた。Chaudron(1988)はこの実験を用いた調査の仕方を "psychometric approach" と呼んでいる。Ellis(1994)においてもこの手法を "Experimental method-pre-and post-tests with experimental and control groups"（565）と実験によるものであることを説明している。実験による調査方法を用いたものはクラスルーム研究の中で最も伝統的で古典的な手法であるといえる。しかしながら、1970年代以降からは "psychometric approach" に入れ替わり、インタラクション分析（interaction analysis）や文化人類学的観察（anthropological observation）などの研究手法を用いる研究が増えてきた。この理由を Long（1980）は以下のように説明している。

> Where possible, large numbers of learners or intact classes were randomly assigned to experimental and control groups. The treatment consisted of method A, B, or C. After a common period of instruction, sometimes as long as two years, the achievement of all students on the same tests was observed and compared. In most cases, it seemed, method A, B, or C made little or no difference.（1）

2. 日本人英語学習者における嗜好についての一考察

多くの被験者が実験群と統制群に無作為に分けられ、AやBやC方法による教授を受ける。共通の期間、教授を受けた後、全ての被験者が同一のテストを受けさせられる。多くの場合、A方法でもB方法でもC方法でもテストに差が全く見られないか、少しの差しか見られないようだ。Longが言及しているように、実験による調査では、実際の教室内で何が起こっているのかが解明できなかったことがクラスルーム研究における研究手法の変化に影響を与えた要因であったと考えられる。

上記にあるインタラクション分析とは多くの場合、分類方式（category system）を用いて学習者―教師間における会話のやり取りを分類する方法がとられる。そして、分類されたものを分析するのがインタラクション分析である。この場合、観察される学習者―教師間の会話のやり取りはレコーダーなどで記録したものを後で分類、分析する場合もあるが、会話をリアルタイムで分類、分析する場合もある。インタラクション分析による研究はAllwright（1977）を始め、現在までに多くの研究者がこの手法を用い第二言語・外国語学習者―教師間の会話を分析してきた。Oliver（2000）はネイティブ・スピーカー教師―その生徒（ESL学習者）間で行われた会話、そしてネイティブ・スピーカー―非ネイティブ・スピーカー間で行われた会話を3つのパートに分類し、分析した。3つのパートとは(1)ESL学習者または非ネイティブ・スピーカーによる会話の「開始」、(2)ネイティブ・スピーカー教師またはネイティブ・スピーカーによる「返答」、(3)ESL学習者または非ネイティブ・スピーカーによる「反応」の3つである。Lyster & Ranta（1997）においてもOliver（2000）と似た分類項目を設けている。以下の図1がLyster & Rantaで使用された項目である。

Lyster & Rantaは、第二言語学習者の発話内に誤りがあった場合、その誤りがどのように修正されていくのかを分析した。まず、学習者の発話に誤りがある場合、それは文法的、語彙的、音韻的、L1の4パターンに分けられるとしている。本研究においては最後の項目、"L1"は扱っていないため、3パターンとする。学習者の発話内に3つの内、いずれかの誤

I. 英語教育学研究

```
        ┌─────────────────┐
        │  学習者の誤り    │
        │   ・音韻的       │
        │   ・語彙的       │
        │   ・文法的       │
        │   ・L1           │
        └─────────────────┘
          ↙              ↘
┌──────────────────────────┐   ┌──────────────┐
│ 教師による訂正           │   │ 会話の継続   │
│ ・インプット型(recast)   │   │              │
│ ・アウトプット型(prompt) │   │              │
│ ・インプット・アウトプット両型│ │              │
│   (explict correction)   │   │              │
└──────────────────────────┘   └──────────────┘
```

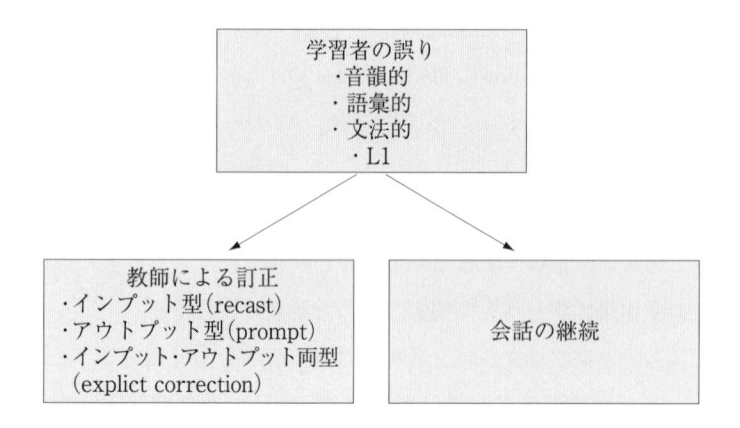

図1　Error treatment sequences.（Lyster and Ranta 44; Lyster and Mori 281）

りがある場合、さらに以下の2つの道を辿る可能性が出てくる。(1) 教師による訂正を受ける場合、(2) 教師による訂正を受けず会話が継続する場合である。教師が学習者の誤りを訂正する道を辿った場合、そこにはさらに3つの可能性が出てくる。(1) 教師が学習者に正しいお手本を提示する場合（インプット型）、(2) 教師が学習者に学習者の発話に誤りがあると警告する場合（アウトプット型）、(3) 教師が学習者に学習者の発話には誤りがあると警告し、さらには正しいお手本を提示する場合（インプット・アウトプット両型）の3つの可能性である。第二言語・外国語学習者の発話内に文法的、語彙的、音韻的、いずれかの誤りがある場合12通りの道を辿る可能性があるということになる。図1のように、教師—学習者間の会話はある程度、推測が可能なものであるといえる。Lyster & Ranta(1997)では、まず学習者の誤りは文法的、語彙的、音韻的、L1の4パターンに分類されている。次に学習者の発話の誤りに対して教師がどのような対処をするかは2パターンに分けられている。つまり、学習者の誤りを教師が訂正するか否かの2パターンである。教師が学習者の誤りを訂正する場合、そこにはさらに3つの可能性が予測できる。

2. 日本人英語学習者における嗜好についての一考察

・ インプット型：学習者に正しいインプットを与える訂正の仕方

(1)

学生：I'm free on day after tomorrow.

教師：I'm free on the day after tomorrow.（正解）

・ アウトプット型：学習者に正しい発話を強いる訂正の仕方

(2)

学生：A size fifty.

教師：What?（警告）

学生：Fifteen.

・ インプット・アウトプット両型

(3)

学生：The Yokohama station.

教師：You don't have to say "the Yokohama station," just Yokohama station.（警告＋正解）

Lyster & Ranta（1997）では、大きく分けて3つの訂正の仕方を提案している。まず、例文1、教師が学習者に正しいお手本を示すタイプである。ここでは冠詞の"the"を名詞の前につけることを忘れた学習者が、教師に訂正されている。この方法は教師が学習者に正しいインプットを与える訂正であるため、ここではインプット型と呼ぶ（Lyster & Ranta（1997）では"recast"と記している）。次に、例文2に見られるような、教師が学習者の発話には誤りがあると警告し、それによって学習者は新たな発話を強要される訂正である。例文2は、サイズ15の洋服を店員に頼むはずの学習者が"fifty"と"fifteen"を誤っている場面である。ここでは、教師は"size fifteen"とインプット型のように正しいお手本を提示しない。その代わりに"what?"と学習者の発話には誤りがあることを警告する。それによって

I. 英語教育学研究

学習者はさらに改良した発話をしなければいけない状況を強いられるのだ。この方法は学習者にアウトプットを強要する訂正であるため、ここではアウトプット型と呼ぶ（Lyster & Ranta [1997] では "prompt" と記している）。最後は例文3に示しているインプット型、アウトプット型の両方の特徴を兼ね備えている訂正のタイプである。ここでは学習者が固有名詞に冠詞をつける文法的な誤りをしている。教師はその誤りに対し、最初は "You don't have to say the Yokohama station" と学習者の発話には誤りがあることを警告し、その後で "Yokohama station" と正しいお手本を提示している。これはインプット型とアウトプット型、どちらの訂正も行うため、3つの中で最も明示的な方法であるといえるだろう。この訂正をインプット・アウトプット両型と呼ぶ（Lyster & Ranta [1997] では "explicit correction" と記している）。

上記にあるように、第二言語・外国語学習者―教師間の会話のやり取りには、パターンがあり、ある程度は推測できるということが分かってきた。そこで、次の研究として焦点が当ったのは「どのパターンを辿ることが学習者にとって最も有益なのか」ということである。Lyster（1998）は学習者の文法的誤りと音韻的な誤りは教師によるインプット型の訂正を多く受ける傾向にあること、学習者の語彙的誤りはアウトプット型の訂正を受ける傾向にあることを明らかにした。Ammar & Spada（2006）は教師のインプット型訂正を受けるグループAと教師のアウトプット型訂正を受けるグループBと、教師による訂正を受けないグループCに学習者を分け、三人称単数 "-s" の習得にグループ間で違いが見られるかという研究を行った。その結果、教師の訂正を受ける実験群A、Bが最も効果があったという結論に至った。さらには、レベルが高い学習者にはインプット型の訂正とアウトプット型の訂正は同じ程度有効であったが、レベルが低い学習者にはアウトプット型の訂正の方がインプット型より有効であるということも証明されたのである。Ammar & Spada（2006）が研究結果を述べている文は以下である。

All three groups benefited from the instructional intervention, with both experimental groups benefiting the most. Overall, prompts were more effective than recasts and that the effectiveness of recasts depended on the learners' proficiency. In particular, high proficiency learners benefited equally from both prompts and recasts, whereas low proficiency learners benefited significantly more from prompts than recasts.（543）

　これまでに述べてきた先行研究からは、1970年代のクラスルーム研究においては「第二言語を学ぶ教室では実際に何が起こっているのか」ということに焦点が当てられていたことが伺える（Allwright, 1977；Fanselow, 1977；Chaudron, 1978）。そして、研究が進むにつれて、第二言語・外国語学習者―教師間の会話はある程度、パターンに分類できることが分かってきたため（Oliver, 1995；Lyster & Ranta, 1997）、現在では研究の焦点が「どのパターンを辿ることが学習者にとって最も有益か」ということに移行してきたことが伺えるだろう。

2. 研究方法

　第二言語習得の分野では、第二言語を学ぶ上で学習者にとって何が有益なのかということが盛んに研究されてきた。それらの研究と比較して、第二言語・外国語学習者が第二言語を学ぶ上で何に重きを置くか、学習者の好みの傾向を研究したものは少なかったといえる。なぜなら、学習者が第二言語学習に有益なものを好むとは限らないからである。しかしながら、学習者の情意的側面が第二言語学習や習得に影響を与えることは過去の研究から明らかである。Krashen（1988）は学習者の情意的な要因（attitude）が第二言語を習得する上で果たす役割を2つあげている。1つは学習者のインテイク（第二言語の知識を学習者の第二言語体系に内在化することを指す）を促進すること、2つは学習者が耳で聞いた言語を実際に使用可能

にすることだ。以下の引用文はKrashenがこの2つを記したものである。

> Attitudinal factors that relate to second language acquisition will be those that perform one or both of two functions. First, they will be factors that encourage intake ... Second, attitudinal factors relating to acquisition will be those that enable the performer to utilize the language heard for acquisition.（21）

　Cathcart & Olsen（1976）は学習者の情意的な要因が第二言語学習に果たす役割を考慮し、第二言語学習者やそれに携わる教員の希望や好みを調査することが重要であると解釈している。以下がCathcart & Olsen(1976)による引用文である。

> The ultimate goal of research on error corrections in language learning is to find which correction methods do actually facilitate learning. But, since human attitudes and behavior are obviously present in learning and teaching, we believe it is important to ascertain what students and teachers assume to be the most effective methods for correcting errors.（4）

　先行研究の主張と同様に、教師が行う訂正について、学習者の好みや希望を調査することの有益性を本研究は主張する。そして、学習者は自らの誤りに対して教師にどう対処されることを好むのかを本研究で明らかにしたい。
　この研究を行うために、日本の高校生にアンケート調査を行った。アンケートやその研究方法はCathcart & Olsen（1976）を参考にした。Cathcart & Olsenは、大人のESL学習者を対象にアンケート調査を行っている。ここではコミュニティー・カレッジ・センターの学習者と大学の

学習者を対象にアンケートを行った。ここで対象とした被験者の国籍は様々であり、いくつかの国籍グループは少人数で構成されている。Cathcart & Olsen のアンケートでは 9 つの質問項目が上げられた。

(1) あなたは自分が間違った発話を行ったとき、教師に訂正をしてもらいたいですか。
(2) 質問 1 で「はい」と答えた方に質問です。どのくらいの頻度で教師に訂正をしてもらいたいですか。
(3) どの項目（発音・文法・語順・語彙）の間違いを訂正されることが最も重要だと思いますか。
(4) あなたの先生はどの項目の間違い（発音・文法・語順・語彙）を最も頻繁に訂正しますか。
(5) あなたが文法の間違いをした場合、教師からどのような訂正をされたいですか。例文の中から選んでください。
(6) 学生が文法の間違いをした場合、あなたの先生はどの訂正の仕方を最もよく用いますか。例文の中から選んでください。
(7) あなたが発音の間違いをした場合、教師からどのような訂正をされたいですか。　例文の中から選んでください。
(8) あなたの先生はどの訂正の仕方を最も頻繁に用いますか。例文の中から選んでください。
(9) もし学生の 1 発話内に 2 つ間違いがあった場合、先生はどうするべきだと思いますか。

本研究では神奈川県内の私立に通う高校 1 年生 72 人にアンケートを行った。被験者はオーラル・コミュニケーションの授業を受ける特別進学クラス（以下、進学クラス）の学生 37 人、普通クラスの学生 35 人である。いずれのクラスもオーラル・コミュニケーションのクラスはイギリス人である教師 A（男性）が担当している。教師 A は高校での教歴が 7 年ある。日本のオーラル・コミュニケーション授業においてよく見られるように、教師 A は日本人英語教師とペアを組み授業を行う。普通クラスは教師 A

と日本人教師B（女性）がペアを組み授業が行われた。同様に、進学クラスでは教師Aと日本人教師C（女性）がペアを組み授業が行われた。日本人教師は教師Aと学生に言葉の弊害が見られたときに通訳を行うなど、授業が円滑に進むように教師Aをサポートする役目を持つ（教師Aは授業内で英語しか話さないため）。授業の内容は普通クラス、進学クラス共に同じであり、授業の進行具合、その回数もどちらのクラスも同じである。授業内容は同じだが、進学クラスの授業では、新しく学習する語彙やフレーズなどが普通クラスよりは多く設定されている。

　本研究で行ったアンケートは、Cathcart & Olsen（1976）で使われたものを参考に作られた。進学クラス、普通クラスいずれも共通のアンケートを行っている。アンケートの内容には本研究のリサーチクエスチョンに通じる質問、すなわち3項目の質問を行った。第1項目として、学習者が誤った発話を行ったとき、教師に訂正されることを望むのか、望まないのか。訂正に対する希望に焦点を当てている。第2項目として、どの位の頻度で訂正をして欲しいのか。頻度に焦点を当てている。第3項目として、どのタイプの訂正の仕方を学習者は好むのか。訂正のタイプに焦点を当てた。

3．結果

　セクション2で記した第1項目を調べるために学習者に以下の質問を行った。「学習者が誤った発話を行ったとき、教師から訂正を受けたいか。」これに対して「訂正されたい」と答えた学習者は進学クラスが97％、普通クラスが80％となった。図2はこれらの結果を示したものである。

　続いて第2項目を調べるために、「訂正を受けたい」と答えた学習者に「どの位の頻度で教師から訂正をしてほしいですか」という質問を行った。それに対して進学クラスでは「毎回」と回答した学習者が30.5％、「殆ど毎回」と回答した学習者が33.3％、「たまに」と回答した学習者が36.1％と頻度の好みにばらつきがあった。一方、普通クラスの学習者は「毎回」と回答した学習者が25％、「殆ど毎回」と答えた学習者が53.5％、「たまに」と

2. 日本人英語学習者における嗜好についての一考察

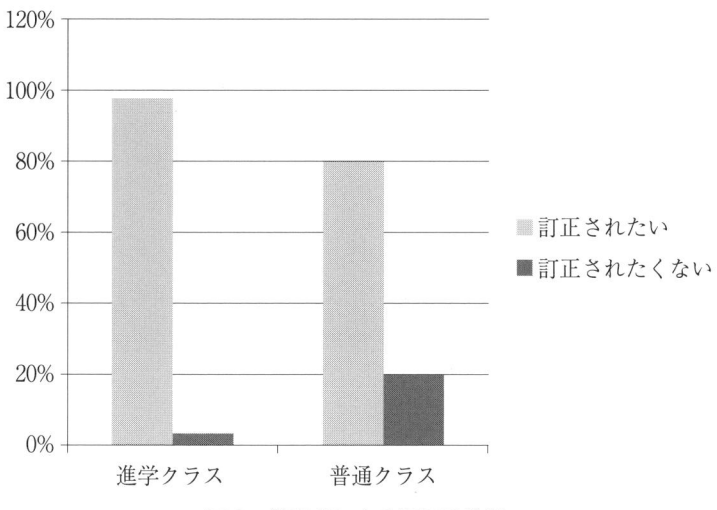

図2 学習者による訂正の希望

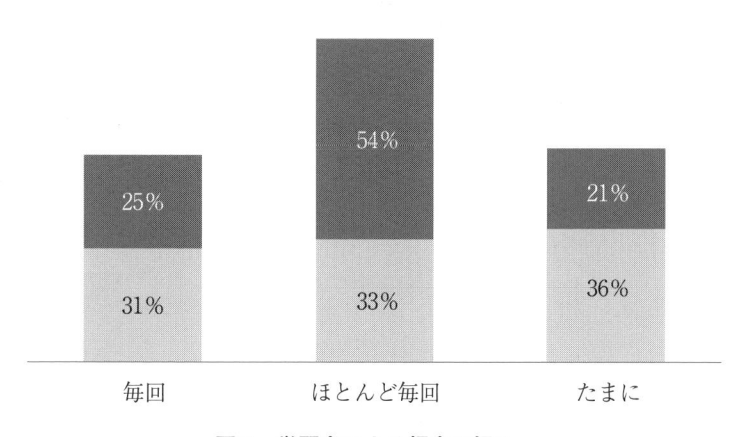

図3 学習者による頻度の好み

回答した学習者が21.4％と半数以上の学習者が「殆ど毎回」訂正されることを好む傾向にあった。

次に学習者はどのタイプの訂正を好むのか、つまり第3項目に関する結

果を図4、5、6に記す。「学習者が文法の誤りを犯したとき、教師によるどのタイプの訂正を受けたいか」という質問に対しては、図4にあるように進学クラスの学習者は「両型」と回答した学習者が最も多く57.2%となった。一方、普通クラスの学習者は「インプット型」と回答した学習者が最も多く40%となった。

続いて「学習者が音韻的な誤りを犯した場合、教師によるどのタイプの訂正を受けたいか」という質問に対しての答えを図5に記す。進学クラスでは、「インプット型」と答えた学習者が47.2%と最も多かった。また普通クラスでも「インプット型」と回答した学習者が最も多く40%となっている。

第3項目における最後の質問として、「学習者が語彙的な誤りを犯したとき、教師によるどのタイプの訂正を受けたいか」という質問を行った。それに対して進学クラスでは「両型」と答えた学習者が47.2%と最も多かった。一方、普通クラスでは、「インプット型」と答えた学習者が44.8%と最も多いという結果になった。

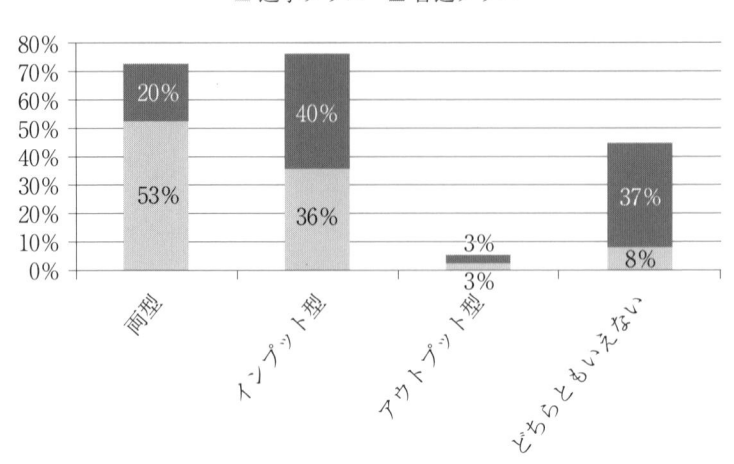

図4 学習者の訂正の好み（文法）

2. 日本人英語学習者における嗜好についての一考察

■ 進学クラス　■ 普通クラス

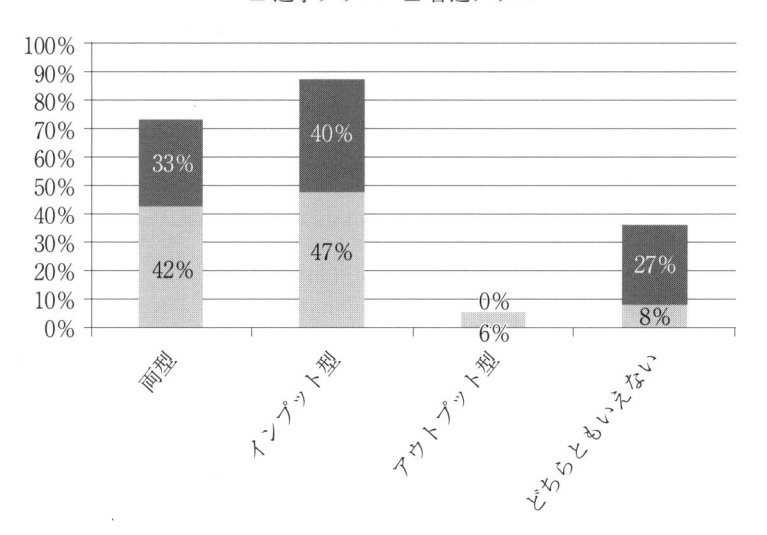

	両型	インプット型	アウトプット型	どちらともいえない
普通クラス	33%	40%	0%	27%
進学クラス	42%	47%	6%	8%

図5　学習者の訂正の好み（音韻）

■ 進学クラス　■ 普通クラス

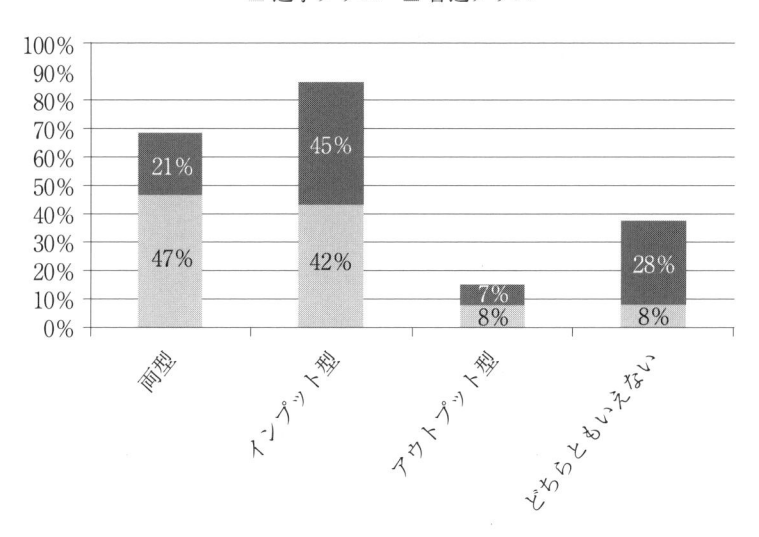

	両型	インプット型	アウトプット型	どちらともいえない
普通クラス	21%	45%	7%	28%
進学クラス	47%	42%	8%	8%

図6　学習者の訂正の好み（語彙）

4. 議論

　研究結果を踏まえた上で議論に移りたい。本研究では第1項目として学習者が誤った発話を行ったとき、教師に訂正されることを望むのか、望まないのか、訂正に対する希望に焦点を当てている。この項目ではCathcart & Olsen (1976) の研究において "All students agreed that they wished to be corrected when they made oral errors" (45) と、学習者は100%の割合で「訂正されたい」と答えている。しかしながら、本研究で「訂正されたい」と被験者が答えた割合は進学クラス97%、普通クラスが80%と先行研究ほど高い数値は出なかった。また、学習者の英語能力レベルによってアンケートの回答に差がみられたことは本研究において特筆すべき点であるだろう。本研究で観察されたこの特徴については以下の解釈ができると考える。Lyster & Rantaは第二言語を学ぶ4クラスを対象に研究を行ったところ、最も第二言語のレベルが高いクラスでは教師が学習者の誤った発話を訂正する回数が最も多かったとしている。本研究でもLyster & Ranta (1997) のように第二言語のレベルがより高いクラスほど教師の訂正をより多く受ける傾向にあった可能性があるだろう。本研究は教師が行う訂正の頻度が学習者の訂正の好みに影響を与えた可能性を示唆するものであった。

　次に第2項目として上げた、どの位の頻度で訂正を望むのか、頻度に対する学習者の好みについて議論していきたい。本研究では訂正を受けたいと答えた学習者に「どの位の頻度で教師から訂正をしてほしいですか」という質問を行った。それに対して進学クラスでは「毎回」と回答した学習者が30.5%、「殆ど毎回」と回答した学習者が33.3%、「たまに」と回答した学習者が36.1%と頻度の好みにばらつきがあった。一方、普通クラスの学習者は「毎回」と回答した学習者が25%、「殆ど毎回」と答えた学習者が53.5%、「たまに」と回答した学習者が21.4%と半数以上の学生が「殆ど毎回」訂正されることを好む傾向にあった。進学クラスと普通クラスを

2. 日本人英語学習者における嗜好についての一考察

統合した結果では、「殆ど毎回」と回答する結果が最も多かった。本研究と比較して、先行研究の Cathcart & Olsen (1976) では "A majority of students (111) said they wished to be corrected all the time" (45) と被験者の大多数が「毎回」と回答したとしている。本研究と先行研究を比較して異なる点は、先行研究において大多数の被験者がアンケートで「毎回」と回答しているのに対して、本研究の被験者には訂正の頻度の好みに多様性があることである。特に進学クラスの学習者には頻度の好みに一貫性が見られない。訂正の頻度に対する好みにおいて、本研究の被験者に多様性が見られたことは、以下のことが影響していたのではないだろうか。それは学習者に起こる緊張や不安などの心的問題である。Krashen (1988) では第二言語・外国語のクラス内で発話の正確さに重きを置くと、学習者に緊張などの情意的な負荷がかかってしまうことを以下のように指摘している。

> Finally, many classroom exercises, with their emphasis on correctness, often place the student "on the defensive" (Stevick, 1976), entailing a heightened "affective filter" (Dulay & Burt, 1977), which makes them less than ideal for language acquisition. (133)

上記の引用文にあるように Krashen は、「情意フィルター (affective filter)」という語を用いている。Krashen によれば、情意フィルターとは学習者に緊張などの心的なフィルターがかかり、そのフィルターが上がることで、学習者が第二言語のインプットを受けてもそれが習得に結びつき難い状態を指す。さらには以下の記述がある。

> The presence of a higher affective filter, however, would predict less success in the long run, however. (28)

Ⅰ．英語教育学研究

　Krashen は第二言語・外国語学習者に正確な発話を求めることで学習者に情意フィルターがかかってしまうことを指摘しているのだ。本研究ではアンケートを行っている際に被験者が「毎回毎回、先生に注意されたら落ち込む」などと学習者同士で話し合う姿が進学クラス・普通クラスの両クラスで見られた。本研究は学習者の情意的側面を測るアンケート項目を設けていなかったため、この問題について議論するにはさらなるアンケート調査が必要であると考えられる。しかしながら、研究結果からは ESL 学習者やイマージョン教育を受ける第二言語学習者と比較して、日本人英語学習者にとって情意的側面が学習に影響を与える割合はより大きいものである可能性も考えられるだろう。

　次に第3項目としてあげた、どのタイプの訂正の仕方を学習者は好むのか、訂正のタイプについて議論していく。両クラス（進学・普通クラス）の結果を統合すると学習者の音韻的・語彙的誤りに対して学習者は教師から正しいお手本を与えられるインプット型の訂正を好む傾向にあった。一方、文法的誤りに対して学習者は自らの発話に誤りがあることを警告され、さらには正しいインプットが与えられる両型の訂正を好む傾向にあった。進学クラスと普通クラスの結果を比較すると、普通クラスの学習者が全ての誤り（文法・語彙・音韻）に対して教師からインプット型の訂正を受けたい傾向にあった。それに対して、進学クラスの学習者は自らの音韻的な誤りにのみ教師からインプット型の訂正を受けたい傾向にあり、文法と語彙に対しては両型を好む傾向にあった。すなわち、2クラスを比較すると音韻的誤りに対する訂正のタイプの好みは一致したが、文法と語彙の項目は一致しなかった。進学クラスと普通クラスでこの様に結果が分かれた原因は何なのだろうか。学習者の文法的な側面については Lyster（1998）で以下の指摘がある。より複雑な認知プロセスを必要とする文法は容易く修正できるものではなく、授業内で内在化することも少ないだろうということである。

They perhaps hesitated to use negotiation of form in response to grammatical errors, because grammatical knowledge involves complex system-driven rules that might not be easily retrievable, were perhaps not yet internalized, and were only rarely intrinsic to the propositional content of the lesson, unlike lexical errors.（207）

同様に、Gass & Torres（2005）においても文法は他の項目と比べて複雑性が高いことを以下で指摘している。

Because gender agreement and *estar*[1] are more complex and abstract (or both) than vocabulary, they are more likely to require external intervention (in this case, interactional feedback) than the rather simple vocabulary of this study.（22）

　進学クラスの学習者が自らの文法的誤りにおいてインプット型ではなく両型を好んだのには、Lyster（1998）やGass & Torres（2005）で言及されたことが関係していると考えられる。より複雑な認知プロセスを必要とする学習者の文法的側面はインプット型で訂正されるより、両型で訂正される方がより多くの情報が提示されるであろう。さらにこのことでどの部分に誤りがあるのかが学習者に明示的に示されるのである。進学クラスの学習者は文法の誤りに対して教師からどの訂正のタイプを受ければ自らに有利なのかを無意識に選んでいるのかもしれない。
　進学クラスと普通クラスで結果が分かれた原因は何なのかという疑問に対して、上記に先行研究の見解を述べた。しかしながら、本研究において2クラス間で教師が与える訂正のタイプの好みが一致しなかったことは次のことが最も大きな要因ではないかと推測する。それは学習者における訂正のタイプの好みは、教師による訂正のタイプの好みに依存するのではないかということである。教師Aは学習者のレベルによって使用する訂正

を変えていたのではないだろうか。そうであるなら、本研究における学習者の訂正の好みは教師の訂正の好みに依存しているという解釈ができる。Lyster & Ranta の研究では、最も第二言語のレベルが高いクラスの教師は、他のクラスの教師と比較して多様な訂正のタイプを用いることを以下のように言及している。

> Thus, given her students' higher level of proficiency, T3[2] is able to push students more in their output and rely less on the modeling techniques (i.e., recasts with infrequent uptake) used by other teachers with less advanced students.（57）

　本研究の場合、研究対象の2クラスは同じ教師（教師 A）に教わっていた。しかしながら、教師 A はクラスのレベルによって使用する訂正の種類を変えていたのではないだろうか。したがって、第3項目「どのタイプの訂正の仕方を学習者は好むのか」に対する本研究の結果は、学習者における訂正のタイプの好みは教師による訂正のタイプの好みに依存する可能性を示唆するものであったといえるだろう。
　第3項目に関係する問題をもう1つ上げたい。教師が学習者にアウトプットを促すタイプの訂正であるアウトプット型の訂正を学習者が好まなかったことに対する議論をしていきたい。本研究の被験者は進学・普通クラス共に学習者がアウトプット型の訂正を好まない傾向にあった。この傾向は自らが文法・語彙・音韻の内、どの種類の誤りを犯した場合も共通して見られた。この研究結果は日本の高校生に英語のアウトプット活動を行わせることへの困難を示唆するものかもしれない。Swain (1985) はイマージョン教育を受ける第二言語学習者の発話能力がネイティブ・スピーカーのようにはならないことを疑問に思い、調査を行った。そこで Swain は以下のことを結論づけている。学習者がアウトプットする技術とは、ここでは特に第二言語を話す技術を指しており、学習者が第二言語を話す能力は実

2. 日本人英語学習者における嗜好についての一考察

際に第二言語を話すことで学ばれる。つまり、学習者がアウトプットすることの必要性を言及したのである。

> I would like to suggest that what is missing is output. Krashen (1981b) suggests that the only role of output is that of generating comprehensible input. But I think there are roles for output in second language acquisition that are independent of comprehensible input. (248)

上記の Swain (1985) の引用文は、学習者が自らの考えを第二言語で表わすことを指す、アウトプットの重要性を指摘している。同様に、McDonough (2005) では教師が用いるアウトプット型の訂正方法は学習者にアウトプット活動を行う機会を与えるという点で間接的に学習者に有効であることを指摘している。以下の文は McDonough (2005) から引用したものである。

> Additionally, negative feedback in the form of clarification requests may indirectly contribute to question development by creating opportunities for learners to modify their output. Thus, this study provides empirical support for the output hypothesis (Swain, 1985, 1993, 1995) and strengthens claims for an association between modified output and ESL question development (Mackey, 1997). (94)

過去の研究で第二言語学習者がアウトプットすることへの有効性が証明されているが、本研究の学習者はオーラル・コミュニケーション授業内で教師にアウトプット活動を促されるタイプの訂正を好まない傾向にあった。このことは過去の研究結果と本研究のような実際の学習者の希望にはギャップがあることを示している。このギャップがなぜ生まれたかという

ことを考えると、Krashen (1981) のインプット仮説で述べられていることが関係しているのではないかと本研究では考える。Krashen は学習者が第二言語の能力を発達させるための必要十分条件は「理解可能なインプット」を十分に受けることであるとしている。インプットとは第二言語の情報を自らの中に取り込むことを指す。学習者のアウトプット活動を行うためには「十分なインプット」、これが前提にあると考える。そして、このインプットが十分にない段階で学習者のアウトプットを促そうとすると学習者に負担がかかるのではないだろうか。このことが学習者のアウトプット型訂正を好まないという結果に繋がったと本研究では結論づける。

5. 結論

本研究はネイティブ・スピーカー―外国語学習者間で行われるインタラクションにおける学習者の好みを調査した。学習者の好み・希望を調査する上で以下の3つの項目に焦点を置いた。第1項目として、「学習者が誤った発話を行ったとき、教師に訂正されることを望むのか、望まないのか」、訂正に対する希望に焦点を当て、第2項目として、「どの位の頻度で訂正をして欲しいのか」、頻度に焦点を当てている。第3項目として、「どのタイプの訂正の仕方を学習者は好むのか」、訂正のタイプに焦点を当てた。

第1項目を調べるために学習者に以下の質問を行った。「学習者が誤った発話を行ったとき、教師から訂正を受けたいか。」これに対して訂正されたいと答えた学習者は進学クラスが97%、普通クラスが80%となった。先行研究の Cathcart & Olsen (1976) と比較して、本研究の対象者である高校1年生は教師に訂正を希望する割合が少ないという結果になった。しかしながら、大多数の研究対象者が自らの英語の発話内に誤りがある場合、教師から訂正を受けたいと答えており、訂正を望んでいると結論づけられるだろう。

次に、第2項目を調べるために、訂正を受けたいと答えた学習者に「どの位の頻度で教師から訂正をしてほしいですか」という質問を行った。そ

2. 日本人英語学習者における嗜好についての一考察

れに対して進学クラスでは毎回と回答した学習者が30.5％、殆ど毎回と回答した学習者が33.3％、たまにと回答した学習者が36.1％と頻度の好みにばらつきがあった。一方、普通クラスの学習者は毎回と回答した学習者が25％、殆ど毎回と答えた学習者が53.5％、たまにと回答した学習者が21.4％と半数以上の学生が殆ど毎回訂正されることを好む傾向にあった。先行研究と比較して、本研究の対象者は訂正の頻度の好み・希望にばらつきがあったことがいえるだろう。このことは、オーラル・コミュニケーションを担当するネイティブ・スピーカー教師が学習者の希望に多様性を持って応じなければならない困難さを示唆した。また、本研究で特筆すべき点は、研究対象者の中でも特に英語能力が高いクラスの方が訂正の頻度の好みにばらつきがあったことであろう。

次に、第3項目を調べるために、「教師からどのタイプの訂正を受けたいですか」という質問を行った。進学クラス、普通クラスでの結果を統合すると学習者の音韻的誤り、語彙的誤りに対して学習者は教師から正しいお手本を示されるインプット型の訂正を好む傾向にあった。一方、文法的誤りに対して学習者は自らの発話に誤りがあることを警告され、さらには正しいインプットが与えられる両型の訂正を好む傾向にあった。つまりそれは、第二言語・外国語学習者が自らの考えを第二言語で表現することを指すアウトプットを行うことで習得が進むという過去の研究結果に反し、教師からアウトプットを促されるアウトプット型の訂正を希望する学習者が極めて少ないことを意味している。

本研究の結果は学習者が持つ訂正の頻度の好みは教師が持つ訂正の頻度の好みに依存する可能性を示唆するものであった。同様に、学習者が持つ訂正の種類の好みは教師が持つ訂正の種類の好みに依存する可能性を示唆する。この訂正の好みにおける学習者—教師間の相関関係を明らかにするには、教師側の訂正の好みを調べる必要があり、さらなる研究が待たれるであろう。

I. 英語教育学研究

注

1) Gass & Torres では "estar" を以下としている。"We selected two grammatical structures that are widely accepted to be learned late by speakers of English: (a) grammatical gender agreement and (b) the use of copula estar."

2) Teacher 3 の略。

参考文献

Ammar, Ahlem, and Nina Spada. "One Size Fits All? Recasts, Prompts, and L2 Learning." *Studies in Second Language Acquisition*, 28. Cambridge University Press, 2006.

Allwright, R. L. "Turns, Topics, and Tasks: Patterns of Participation in Language Learning and Teaching." Paper presented at the eleventh annual TESOL convention.

Bohannon, John Neil, and Laura Stanowicz. "The Issue of Negative Evidence: Adult Responses to Childrens' Language Errors." *Developmental Psychology*, 24. American Psychological Association, 1988.

Brown, James Dean. *Understanding Research in Second Language Learning*. Ed. H. Altman and P. Strevens. New York: Cambridge University Press, 1988.

Carl, James. *Errors in Language Learning and Use*. Ed. Christopher N Candlin. London: Longman, 1998.

Cathcart, Ruth L., and Judy Olsen. "Teachers' and Students' Preferences for Error Correction of Classroom Conversation Errors." *On TESOL' 76*. TESOL, 1976.

Chaudron, Craig. "A Descriptive Model of Discourse in the Corrective Treatment of Learners' Errors." *Language Learning*, 27. The University of Michigan, 1977.

Chadron, Craig. *Second Language Classrooms: Research on Teaching and Learning*. Ed. M. Long and J. Richards. New York: Cambridge University Press, 1988.

Cicourel, Aaron V., et al. *Language Use and School Performance*. NewYork: Academic Press, 1974.

Coulthard, Malcom. "Discourse Analysis in English ? A Short Review of the Literature." *Language Teaching and Linguistics: Surveys*. Ed. V. Kinsella. New York: Cambridge University Press, 1978.

Dekeyser, Robert M., and Karl J. Sokalski. "The Differential Role of Comprehension and Production Practice." *Language Learning*, 46. The University of Michigan, 1996.

Doughty, Catherine, and Elizabeth Varela. "Communicative Focus on Form." *Focus on Form in Classroom Second Language Acquisition*. Ed. C. Doughty and J. Williams. New York: Cambridge University Press, 1998.

Dulay, Heidi, and Marina Burt. "Remarks on Creativity in Language Acquisition." *Viewpoints on English as a Second Language*. Ed. M. Burt et al. New York: Regents, 1977.

Ellis, Rod. *The Study of Second Language Acquisition*. New York: Oxford University Press, 1994.

Ellis, Rod, and Gary Barkhuizen. *Analysing Learner Language*. New York: Oxford University Press, 2005.

Ellis, Rod, and Younghee Sheen. Recasts in Second Language Acquisition. *Studies in Second Language Acquisition*, 28. Cambridge University Press, 2006.

Fanselow, John F. "Beyond RASHOMON-Conceptualizing and Describing the Teaching Act." *TESOL Quarterly*, 11. Teachers of English to Speakers of Other Language inc, 1977.

Fanselow, John F. "The Treatment of Error in Oral Work." *Foreign*

Ⅰ. 英語教育学研究

　　Language Annals, 10. American Council on the Teaching of Foreign Languages, 1977.

Farrar, Michael Jeffery. "Discourse and the Acquisition of Grammatical Morphemes." *Journal of Child Language*, 17. 1990.

Fraenkel, Jack R., and Norman E. Wallen. *How to Design and Evaluate Research in Education.* New York: McGraw Inc, 1996.

Frick, Ted, and Melvyn I. Summel. "Observer Agreement and Reliabilities of Classroom Observational Measures." *Review of Educational Research.* 1978.

Gass, Susan. "Second Language Vocabulary Acquisition." *Annual Review of Applied Linguistics*, 9. Cambridge University Press, 1988.

Gass, Susan. "Integrating Research Area: A Framework for Second Language Studies." *Applied Linguistic*, 9. Oxford University Press, 1988.

Gass, Susan, and Maria Jose Alvarez Torres. "Attention When?." *Studies in second Language Learning*, 27. Cambridge University Press, 2005.

Hama, Mika, and Ronald P. Leow. "Learning without Awareness Revisited." *Studies in Second Language Acquisition,* 32. Cambridge University Press, 2010.

Havranek, Getaurd, and Hermann Cesnik. "Factors Affecting the Success of Corrective Feedback." *EUROSLA yearbook*, 1. John Benjamins Publishing Company, 2002.

Heidi, Dulay, Marina Burt, and Stephen Krashen. *Language Two.* New York: Oxford University Press, 1982.

Howard, Nicholas, Patsy Lightbown, and Spada Nina. "Recasts as Feedback to Language Learners." *Language Learning*, 51. The University of Michigan, 2001.

石黒敏明「教室における Teacher Talk を考える」『英語展望』，東京：英語教育協議会，1988 年。

石川慎一郎『英語コーパスと言語教育』, 東京:大修館書店, 2008。

Izumi, Shinichi. "Output, Input Enhancement, and the Noticing Hypothesis: An Experimental Study on ESL Relativization." *Studies in Second Language Acquisition*, 24. Cambridge University Press, 2002.

Kail, Robert V., and Rita Wicks Nelson. *Developmental Psychology*. New Jersey: Prentice Hall Inc, 1993.

Krashen, Stephen D. *Second Language Acquisition and Second Language Learning*. Oxford: Pergamon, 1981.

Krashen, Stephen D. *The Input Hypothesis: Issues and Implications*. London: Longman, 1985.

Krashen, Stephen D. *Second Language acquisition and Second Language Learning*. Ed. Christopher N, Candlin. New York: Prentice Hall International Ltd, 1988.

Krashen, Stephen D. "The Input Hypothesis and Its Rivals." *Implicit and Explicit Learning of Languages*. Ed. Nick C, Ellis. London: Academic Press, 1994.

Long, Michael H. "Teacher Feedback and Learner Error: Mapping Cognitions." *TESOL' 77*. Ed. H. Douglas Brown et al. Teachers of English to Speakers of Other Language inc, 1977.

Long, Michael H. "Inside the 'Black Box': Methodological Issues in Classroom Research on Language Learning." *Language Learning,* 30. The University of Michigan, 1980.

Long, Michael H. "Question in Forigner Talk Discourse." *Language Learning,* 31. The University of Michigan, 1981.

Long, Michael H. "The Role of the Linguistic Environment in Second Language Acquisition." *Handbook of Second Language Acquisition*. Ed. W. Ritchie and T. Bhatia. New York: Academic Press, 1996.

Long, Michael H., and Charlene J. Sato. "Classroom Foreigner Talk Discourse:

Forms and Functions of Teachers' Questions." *Classroom Oriented Research*. Ed. H. Seliger and M. Long. Rowley: Newbury House Publishers, Inc, 1983.

Long, Michael H., and Peter Robinson. "Focus on Form: Theory, Research, and Practice." *Focus on Form in Classroom Second Language Acquisition*. Ed. C. Doughty and J. Williams. New York: Cambridge University Press, 1998.

Lyster, Roy. "Negotiation of Form, Recasts, and Explicit Correction in Relation to Error Types and Learner Repair in Immersion Classrooms." *Language Learning*, 48. The University of Michigan, 1998.

Lyster, Roy, and Leila Ranta. "Corrective Feedback and Learner Uptake." *Studies in Second Language Acquisition*, 20. Cambridge University Press, 1997.

Lyster, Roy, and Hidenori Mori. "Interactional Feedback and Instructional Counterbalance." *Studies in Second Language Acquisition*, 28. Cambridge University Press, 2006.

Lyster, Roy, and Kazuya Saito. "Oral Feedback in Classroom SLA." *Studies in Second Language Acquisition*, 32. Cambridge University Press, 2010.

Mackey, Alison, and Jenefer Philp. "Conversational Interaction and Second Language Development: Recasts, Responses, and Red Herrings?" *Modern Language Journal*, 82. The University of Wisconsin Press, 1997.

Mackey, Alison, and Susan Gass. *Second Language Research: Methodology and Design*. New Jersey: Lawrence Erlbaum Associates Inc, 2005.

McDonough, Kim. "Identifying the Impact of Negative Feedback and Learners' Responses on ESL Question Development." *Studies in Second Language Acquisition*, 27. Cambridge University Press, 2005.

Mehan, Hugh. "Accomplishing Classroom Lessons." *Language Use and School Performance*. Ed. A. Cicourel et al. NewYork: Academic Press, 1974.

Moskowitz, Gertrude. "The Classroom Interaction of Outstanding Foreign Language Teachers." *Foreign Language Annals*, 9. American Council on the Teaching of Foreign Languages, 1976.

Nobuyoshi, Junko, and Rod Ellis. "Focused Communication Tasks and Second Language Acquisition." *ELT Journal*, 47. Oxford University Press, 1993.

Nystrom, Nancy J. "Teacher-Student Interaction in Bilingual Classrooms: Four Approaches to Error Feedback." *Classroom Oriented Research*. Ed. H. Seliger and M. Long. Rowley: Newbury House Publishers, Inc, 1983.

大場衣織「インプット貧困環境におけるリキャストとプロンプトの有効性」『神奈川大学大学院　言語と文化論集 15』，2009 年。

大場衣織「学習者の間違いと教師による訂正のフィードバックにおける関係性」『神奈川大学大学院　言語と文化論集 16』，2010 年。

Ohta, Amy Snyder. *Second Language Acquisition Processes in the Classroom: Learning Japanese*. New Jersey: Lawrence Erlbaum Associates Inc, 2001.

Oliver, Rhonda. "Negative Feedback in Child NS-NNS Conversation." *Studies in Second Language Acquisition*, 18. Cambridge University Press, 1995.

Oliver, Rhonda. "Negotiation of Meaning in Child Interactions." *Modern Language Journal*, 82. The University of Wisconsin Press, 1998.

Oliver, Rhonda. "Age Differences in Negotiation and Feedback in Classroom and Pairwork." *Language Learning*, 50. The University of Michigan, 2000.

Oliver, Rhonda, and Alison Mackey. "Interactional Context and Feedback in Child ESL Classrooms." *Modern Language Journal*, 87. The University of Wisconsin Press, 2003.

Panova, Iliana, and Roy Lyster. "Patterns of Corrective Feedback and Uptake in an Adult ESL Classroom." *TESOL Quarterly*, 36. Teachers of English to Speakers of Other Language inc, 2002.

Richard, Jack. "Error Analysis and Second Language Strategies." *Language

Sciences, 17. Education Resources Information Center, 1971.

Richard, Jack. *Error Analysis Perspectives on Second Language Acquisition (Applied Linguistics and Language Study)*. New York: Longman, 1974.

Sacks, H. A. Schegloff, and G. Jefferson. "A Simplest Systematics for the Organization of Turn-taking for Conversation." *Language*, 50. Linguistic society of America, 1974.

Sinclair, M., and Malcom Couthard. *Toward an analysis of Discourse*. London: Oxford University Press, 1975.

Spada, Nina, and M. Flohlich. *The Communicative Orientation of Language Teaching Observation Scheme: Coding Conventions and Applications*. Sydney: National Centre for English Teaching and Research, Macquarie University, 1995.

Stevic, Earl W. *Memory, Meaning, and Method*. Rowely: Newbury House, 1978.

Swain, Merrill. "Communicative Competence: Some Roles of Comprehensible Input and Comprehensible Output in Its Development." *Input in Second Language Acquisition*. Ed. S. Gass and C. Madden. Massachusetts: Newbury House, 1985.

Swain, Merrill. "The Output Hypothesis: Just Speaking and Writing Aren't Enough." *Canadian Modern Language Review*, 50. Ontario Modern Language Teacher's Association, 1993.

Swain, Merrill. "Three Functions of Output in Second Language Learning." *Principle and Practice in Applied Linguistics: Studies in Honour of H. G. Widdowson*. Ed. G. Cook and B. Seidlhofer. Oxford: Oxford University Press, 1995.

Swain, Merrill. "Focus on Form through Conscious Reflection." *Focus on Form in Classroom Second Language Acquisition*. Ed. C. Doughty and J. Williams. New York: Cambridge University Press, 1998.

Vanpatten, Bill. "Attending to Form and Content in the Input." *Studies in Second Language Acquisition*, 12. Cambridge University Press, 1990.

Vanpatten, Bill, and T. Cardierno. "Explicit instruction and Input Processing." *Studies in Second Language Acquisition*, 15. Cambridge University Press, 1993a.

3. MI 理論を活用した内容中心指導法
― 教科化を視野にいれた小学校英語指導試案 ―

松野あかね

はじめに

　本研究は、2011年度に小学5・6年生を中心に導入された外国語活動の将来的な教科化を視野にいれ、「多重知能理論」（theory of multiple intelligences）（以下、MI理論）を活用した指導案の作成を試みるものである。まず、第2節において、小学校外国語活動（以下、小学校英語）の理念、指導者、教材、近隣アジアの英語教育について分析し、現状の課題を明らかにする。第3節では、小学校英語の理念の中心である「コミュニケーション能力」について、言語学の分野でどのように定義されているかを例示する。また、効果的にコミュニケーション能力を伸ばす指導法のひとつとして、「内容中心指導法」（content-based instruction）の可能性と、教育的な見地からも注目されているMI理論の有効性について考察する。第4節では、それらの要素を複合し、MI理論を活用した指導試案を作成する。作成にあたっては、実現可能なものとなるよう、第2節の現状分析をもとに条件設定を行う。第5節では、試案について議論し、最終章では、将来を見据えた小学校英語のあり方について考察する。

1. 小学校英語の現状分析

1-1. 小学校英語の理念：コミュニケーション能力の素地を養う

　小学校英語は、2002年度に「総合的な学習の時間」の中で、「国際理解

に関する学習」の一環として導入された。2008年3月に、『小学校学習指導要領』が告示され、2年間の移行措置を経て、2011年度から、小学校5・6年生を対象として、週1回の「外国語活動」が全国で必修化された。ただし、この「小学校英語」は、道徳と同じ「領域」の扱いであり、国語や算数のような「教科」ではない。現段階では、特区や拠点校[1]などの英語指導に重点を置いている学校を除けば、小学校英語は、あくまでも「外国語活動」であって、言語の習得を目的とした「英語教育」とは言えない。

　小中の新学習指導要領を比較してみると、まず、『小学校学習指導要領』（文部科学省［文科省］2008a, p. 95）では、「外国語を通じて、言語や文化について、体験的に理解を深め、積極的にコミュニケーションを図ろうとする態度の育成を図り、外国語の音声や基本的な表現に慣れ親しませながら、コミュニケーション能力の素地を養う」ことが、目標とされている（引用部下線筆者、以下同じ）。『小学校学習指導要領解説　外国語活動編』（文科省, 2008b, pp. 9-10）では、「コミュニケーション能力の素地」とは次のように定義されている。

・　小学校段階で外国語活動を通して養われる言語や文化に対する体験的な理解
・　積極的にコミュニケーションを図ろうとする態度
・　外国語の音声や基本的な表現への慣れ親しみ

指導する上で、小学校英語の目標にそぐわないものとしては、以下の3つが挙げられている。

・　パターン・プラクティスやダイアローグを暗唱すること
・　音声や基本的な表現の習得に偏重して指導すること
・　「聞くことができる」や「話すことができる」等のスキル向上のみを目標とした指導をすること

そして、2012年度より全面実施となった『中学校学習指導要領』（文科省, 2010, p. 92）では、英語の学習目標は、「聞くこと、話すこと、読むこと、書くことなどのコミュニケーション能力の基礎を養う」とされ、4技能の総合的なスキルを築いていくのは中学校段階からと明示している。このような観点からみると、小学校英語は、思想的には中学の英語につながっていくものであるが、教育内容としては、中学校英語と性質の異なるものであると言える。

1-2. 小学校英語の指導者についての実態調査

　小学校英語の実施にあたっては、週1回（45分）、年間35時間（単位）が基本となる。学級担任が中心となって指導を行い、予算に応じてALT（assistant language teacher）や、英語専科教員（Japanese teacher of English（JTE））、または、英語が堪能な地域人材が活用されている。文科省の調査では、小学校英語の年間総授業時数に対して、平成22年度のALTの活用の割合は54.4%であった。また、留学生や日本人で英語に堪能な地域人材の活用の割合は11.5%、中高英語担当教員は1.2%となっており、およそ半分の授業が担任一人という結果[2]となっている。

　大下（2007）が行った小学校英語の現状調査では、理想と現実の差を示す興味深い結果が出ている。それによると、平成18年に行った福井、長野、愛知、山梨、兵庫、岐阜の小中学校の10%を対象としたアンケートにおいて、実際の英語活動の指導は、担任とALTのチーム・ティーチング（以下、TT）で行っているケースが71.1%と最も高く、担任のみの指導が11.4%、英語専科教員とALTのTTが3.6%であった。

　一方、理想的な指導者について尋ねる質問の回答では、担任とALTのTTを理想形とする回答が42.3%、専科とALTのTTが25.6%、専科のみが12.5%、専科と担任のTTが8.9%という結果となった。4割以上が担任とALTの組み合わせが理想的だとしながらも、その一方で、ALTや、英語専科教員が指導にあたるほうが良いという回答が38.1%もあり、学級

Ⅰ. 英語教育学研究

担任が英語活動そのものや、英語力について不安があり、負担を感じていることが浮き彫りになっている。

　高橋（2006）は、小学校英語の指導者に求められる資質として、教員養成の観点から、5つのポイントを挙げている。

(1) 「英語を教える」教員ではなく、「英語で教える」教員の養成
(2) 異文化をもつ人々との「コミュニケーション活動」を重視する教員の養成
(3) コミュニケーション活動を楽しく実践できる教員の養成
(4) カリキュラム・デザインができる教員の養成
(5) 英語活動を行える「担任」の養成

　指導者については、『小学校学習指導要領』（文科省，2008a, p. 96）のなかでも、学級担任、または外国語活動を担当する教師が指導計画の作成や授業を行うこととし、ALTの活用や外国語に堪能な地域の人々の協力を得るなどして指導体制を充実するよう明記されている。しかしながら、学級担任は初等教育の専門家ではあるが、英語教育の専門家ではない。

　NPO法人小学校英語指導者認定協議会（J-Shine）では、大学や専門学校、民間の英語教育機関を認定登録し、小学校英語指導者（JTE）の養成を行っている。筆者も認定団体に所属するトレーナーとして、2008年よりJTEの育成と研修にあたっている。

　J-Shineで規定している小学校英語指導者の条件のひとつに、「英語で授業を行える」という項目がある[3]。小学校で教育に携わる指導者としての資質はもちろんであるが、英語を指導するという教育的観点からすれば、英語で授業を行うだけの英語力が指導者に求められるのは当然のことである。しかし現在では、学級担任が中心となった枠組みで指導が行われているケースがほとんどであり、個人の英語力に頼るところが多くなってしまうことは否めない。学級担任が英語力に長けている場合には問題ないが、

すべての教員に対して、自己研鑽で英語力を補うように促しているだけでは、到底高い指導力は望めないだろう。

このような現状からもわかるように、指導者の養成や研修、ALT やJTE、地域人材などのさらなる活用については、今後もさらに問題点を見極めていく必要がある。

1-3. 小学校英語の新教材『Hi, Friends!』の指導内容

小学校英語の教材は、2011 年度まで『英語ノート』が使用され、2012 年度より『Hi, Friends!』へと移行された。これらのテキストは「副教材」であり、「教科書」のように使用が義務づけられたものではない。年間計画と指導内容については、文科省による学習指導案がホームページで公開されているので参考にされたい[4]。

『Hi, Friends!』の内容は『英語ノート』と理念を同じくし、学習指導要領の目標を具現化したものである。そして、子供たちが無理なく外国語活動を行えるよう配慮されている点が伺える。しかしながら、高学年という年齢や子供たちの興味・関心という点から分析すると、知的レベルでの物足りなさを感じる子供も少なくないだろう。また、小学校英語においては、主たる指導者である学級担任の英語の能力に依存するところが大きいということも、その指導内容に少なからず影響を及ぼしているのではないだろうか。

子供たちの英語力と知的レベルの差は大きく、どちらに合わせて指導すべきかについては、議論の余地があるだろう。しかしながら、子供の言語レベルに合わせて英語のインプットやアウトプットの質を低くしてしまうことが学習効果を高めるとは限らない。Krashen (1985) は、言葉を身につけるためには、学習者の中間言語（interlanguage）よりも少し上のレベルの「理解可能なインプット」(comprehensible input) を与えることが大切であると述べている[5]。また、Swain (1985) は、インプットのみならず、学習者が相手に「理解してもらえるように発話すること」

(comprehensible output) も重要であると説いている[6]。つまり、子供たちに与える言語材料を極端に制限する必要はなく、また、学習者同士が意味交渉（negotiation of meaning）することも、言語習得に効果的であると言われている（Long, 1985）。

　教材は、子供たちの興味・関心を指導内容の中心にすることで、コミュニケーション能力をさらに引き出すことができる重要な教具のひとつである。言葉の学習を通じて世界への好奇心をかき立てることで、将来の英語学習のための礎を築くことができる。このような観点から見ると、『Hi, Friends!』の内容については、まだ改良の余地があると言えるだろう。

1-4. 近隣アジア諸国の英語教育：日本の小学校英語との比較

　近隣アジアの英語教育においては、同国内の異なる民族間で公用語として英語を使用する国と、国内での使用はほとんどない国際語として英語を使用する国に分けることができる（本名, 2002）。たとえば、インドネシア、マレーシア、フィリピンなどでは、英語は母語ではないが、"English as a second language"（ESL）とされ、非英語母語話者である国民同士が、日常のコミュニケーションの手段として英語を使用している。

　一方、日本、韓国、台湾、中国、タイなどでは、非英語母語話者の人口が大半を占める点では前者と同じであるが、英語は、"English as a foreign language"（EFL）、または、"English as an international language"（EIL）として教育され、国民同士が英語を使って意思疎通を行うことはほとんどなく、英語は外国人に対して用いることが前提となっている。

　英語教育の面では、ESL環境のアジア諸国のほうが、EFL/EIL環境の国々よりも強化されていることは容易に想像できる。しかしながら、EFL/EIL環境の国であっても、国際ビジネス、観光、教育、国際協力などの分野で、国内で英語を使う意識が高まっている（本名, 2004）。

　表1は、日本と同じEFL/EIL環境の国の英語教育について比較したものである。授業時数や開始学年を見ても、日本が総合的に遅れをとってい

3. MI理論を活用した内容中心指導法

ることが分かる。日本と同じく担任主導で実施している韓国を例に挙げると、全ての小学校教員に対して、120時間の英語と英語教育に関する研修が行われている。ソウルでは、この他に560時間の研修や海外研修などが整備されているという（アレン玉井，2010）。日本の小学校教員が受ける研修時間は2年間で延べ30時間余[7]であり、その差は歴然である。

また、学習者に焦点を当ててみても、小学校から教科として英語教育を受けている韓国の中学校修了時の到達目標は、文法事項やテキストなどでインプットとして受ける分量から、日本の高校修了段階にほぼ匹敵するという（高橋，2007）。

学級担任主導で質の高い授業を行うには、指導者に対して相当な量の研修時間が必要になるが、日本では現在のところ整備されていない。日本全国2万を超える小学校で、中核教員に対する研修がたった30時間余だけでは、個人の英語力に依存する部分が多く、指導力に限界があるのは否定できない。

さらに、中国においては、都市部と郊外での教育格差が広がっていると

表1　諸外国と日本の小学校段階での英語教育の比較[8]

	韓国	中国	タイ	日本
導入時期	1997年 必修教科として導入	2001年 都市部のみ必修化 2005年 必修教科として導入	1996年 必修教科として導入	2002年 国際理解教育の一環として導入 2011年 教科ではなく「領域」の扱いで必修化
開始学年	第3学年〜 ※都市部では1年生から	第3学年〜 ※都市部では1年生から	第1学年〜	第5学年〜
授業時数	3・4年：40分×週1回 5・6年：40分×週2回	3・4年：20分×週4回 5・6年：20分×週2回 ＋40分×週2回以上	1〜3年：60分×週2回 4〜6年：60分×週2〜4回	5・6年：45分×週1回
主たる教員	学級担任	英語専科教員	学級担任	学級担任
研修時間	120時間〜560時間 海外研修など	夏休みや放課後に現職教員研修を実施	英語能力試験を実施 能力別研修を行う	中核教員研修30時間 一般教員は校内研修

Ⅰ. 英語教育学研究

言われており、全土で同じ質の指導が行われているとは限らない。都市部の教育事情の一例として、筆者が 2009 年 3 月に上海の小中学校を視察した際に得た情報を以下に記す[9]。

〈上海市英語教育概況〉
- 1980 年代には小 5・6 で実施。1990 年代には小 3 から実施。1999 年より小 1 から実施。上海が全国に先駆けて導入。
- 授業回数（基本）：小 1（週 3 回）、小 2（週 3 回）、小 3（週 4 回）、小 4 〜 6（週 5 回）（日本の新学習指導要領では、小 5・6（週 1 回）、中学（週 4 回））。上海の子どもが受ける英語教育総時間（小〜高校）は、延べ 1800 時間に及ぶという。
- 教員：上海では全国より教員の人材が豊富という点で優位。10 年前、中等師範学校卒（日本の高校卒レベル）の教員募集を中止。2003 年以降、大卒以上の教員を採用している。留学経験（2・3 ヶ月〜 2・3 年）あり。研修時間は、240 〜 250 時間を政府が保証。
- 上海の英語教員：約 2 万 8000 名。小学校教員：約 7000 名。平均年齢 33.4 歳。その内、50％以上が大学院卒。小学校から教科担当制で、英語の授業は英語専科の教員が教える。指導時間数平均：週 14 〜 15 コマ（日本人小学校教諭はおよそ週 24 コマ。1 コマは 45 分）。
- 教材：上海の教科書は全国版とは異なり、香港で使われている Oxford 出版の教科書を上海版に改訂し、使用している。上海では高校卒業までに、延べ 60 万単語の文章を読むとされている。

上海の英語教育の現状をみても、手厚い教員研修の実施と、低学年から教科として取り組み、教科担任制で教えていることが成果につながっていると分かる。日本においては、2002 年度に総合的な活動の時間に導入されてから 10 年が経過しており、必修化 2 年目の節目をむかえ、今後の小学校英語の在り方が再検討されるべき時期が近づいている。他のアジアの

国々と同等レベルの英語教育を行うためにも、将来に向けて英語専科教員を配置し、教科として指導していくことが必至であることは言うまでもない。

2. 先行研究：コミュニケーション能力の育成に有効な指導法と理論

2-1. コミュニケーション能力の定義

先に見てきたように、小学校英語の目標は、「コミュニケーション能力の素地を養う」ことである。では、第二言語習得研究の中で、「コミュニケーション能力」（communicative competence）はどのように定義されているのか。

先行研究では、70年代以降、HymesやChomskyを始めとする学者が様々な定義をしている。Canale & Swain (1980) は、「文法的能力」(grammatical competence)、「社会言語的能力」(sociolinguistic competence)、「談話的能力」(discourse competence)、「方略的能力」(strategic competence) に分けて、コミュニケーション能力を定義している。Savignon (2001) のモデルにおいても同様で、現在では、コミュニケーション能力は4つの能力から形成されるという考え方が一般的である。

さらに、Savignonは、意味のある文脈（context）において、メッセージの伝達や解釈ができる総合的な力をコミュニケーション能力であるとして、これらの4つの能力は、それぞれが関連し合っているため、ひとつの能力のみを取り出して測ることはできないと言及している。つまり、ひとつの能力が向上することで、他の能力も向上し、総合的にコミュニケーション能力が発達していくのである。

表2　コミュニケーション能力の構成素

Communicative Competence	
grammatical competence	統語的、意味的、音韻的、文法的な知識、言語を使いこなす能力
sociolinguistic competence	社会言語的なルールに則って言語を使いこなす能力
discourse competence	まとまりのある文章や会話を作り上げ、理解する能力
strategic competence	言語的、非言語的な方略を使ってコミュニケーションをする能力

2-2. 内容中心指導法（Content-Based Instruction）の有効性

では、コミュニケーション能力を高めるためには、どのような指導法が有効なのだろうか。第二言語教育において、コミュニケーション能力を養うための教授法として広く知られているものに「コミュニカティブ・アプローチ」(communicative approach) がある。

Snow (2001) によると、小学校段階の学習者にとっては、興味・関心のあるもの、すなわち、子供を取り巻く環境や、学校で学習している教科の内容 (content) を指導の中心に置くことで、内容と言語を包括的に学習することができるという。このような観点から、小学生を対象とした英語指導では、「内容中心指導法」(content-based instruction)（以下、CBI）が、より効果的であると考えられている。

CBI は、「イマージョン・プログラム」(immersion program)[10] を代表とする教授法であり、学習者が第二言語を通して内容を理解し、考え、表現することを重視するものである。CBI においては、言語は指導の直接の対象ではなく、学習内容を通じて、コミュニケーションの道具として扱われる (Nunan, 2001)。大人の学習者であれば、言語形式等の抽象的な概念を理解することができるが、子供には簡単なことではない。よって、目標言語を用いながら、内容について学習する CBI の指導法は、子供の認知的な発達を考慮した優れた指導法と言えるだろう。

しかしながら、現在の日本の公立小学校における学習環境では、イマージョン教育のような、いわゆるオールイングリッシュでの指導をすぐに取り入れることは困難である。しかし、CBI の考え方をベースとし、内容を重視した「教科横断的」(cross-curricular) な外国語活動を行うことは可能である。すでに、日本の公立小学校において、外国語活動に取り入れている学校もある。

村瀬 (2009) によれば、教科横断的な授業展開は、すべての子どもにとって共通の話題があり、既習事項を基盤にしてコミュニケーション活動がし

3. MI 理論を活用した内容中心指導法

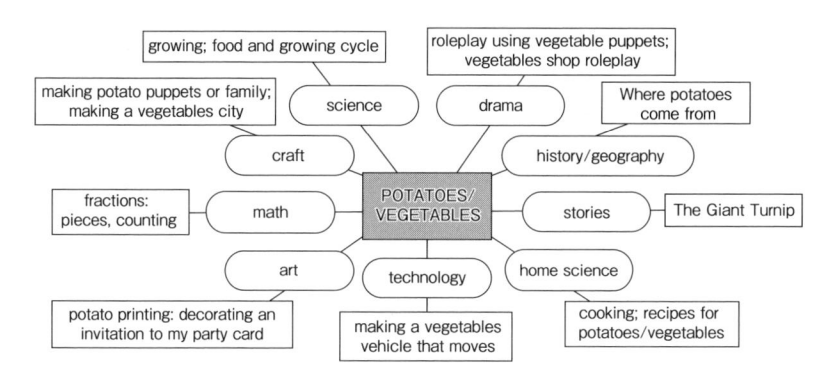

図1 Cross-curricular topic web（Vale & Feunteun [1995, p. 236]）

やすいという。また、教師にとっても、既習事項から子どもがより興味を示した内容を選び、問題解決的な英語活動に仕立てることで、英語を意欲的に使わせる授業が成立するメリットがあるという。

図1は、教科横断的な授業展開の一例である（Vale & Feunteun, 1995）。まず、クモの巣状の図（web）の中心に potatoes/vegetables というトピック（テーマ）を置き、そこから webbing[11] をおこなって、関連する活動を構築していることがわかる。

指導者側の観点から、CBI は、コミュニケーション能力を伸ばすために有効な指導法であると言える。もし教授法の他に、さらにコミュニケーション能力を効果的に伸ばす側面があるとすれば、それは学習者の認知的な要素だろう。そこで次項では、学習者の「知能」について、近年注目を集めている MI 理論について考えてみたい。

2-3. 多重知能理論（Theory of Multiple Intelligences）の有効性

元来、「知能」（intelligence）とは、IQ テストなどの一定の尺度で計られた数値を指してきた。しかし、1983 年に Gardner によって提唱された MI 理論では、人間には潜在的に複数の「知能」（intelligences）が備わっていると理論づけている。一般的に「知能」と呼ばれるものは、論理的な

思考力や言語運用力、記憶力などに限定され、「学力」との結びつきが強いものである。しかしながら、MI 理論では、「知能」は大きく 8 つに分類され、それぞれが相関関係にある。

　たとえば、南太平洋の真ん中で、夜空の星を見上げて自分の船の位置を見定めて航海することは、極めて高い知能であるが、一般的な IQ テストでは測ることはできない（Gardner, 2006, p. 13；2011, p. 213）。MI 理論では、このような人間に内在する「知能」について、「複合的な問題解決能力であり、特定の文化的環境や社会において重要な結果を生み出す能力」と定義している（Gardner, 2006, p. 6）。Gardner は、当初、7 つの知能を提示したが、1999 年に 8 つにまとめている。

(1) 言語的知能（Linguistic Intelligence）
　　話し言葉や書き言葉で、言語を効果的に用いる能力。言葉を操る能力が高く、情報を記憶したり、物事を説明したりする時に言語を用いる。
(2) 論理数学的知能（Logical-Mathematical Intelligence）
　　問題を論理的に分析したり、数学的な操作をしたり、問題を科学的に究明する能力。数字を操る能力が高く、物事を分類したり、仮説を立証したりすることに優れている。
(3) 音楽的知能（Musical Intelligence）
　　音楽的パターンの演奏、作曲、鑑賞ができる能力。リズムやトーンに敏感で、また、歌を歌ったり、楽器で演奏したりする能力が高い。
(4) 視覚空間的知能（Visual-Spatial Intelligence）
　　身の回りの視覚的、空間的な世界を正確に認識する能力。色や形、線や空間に対して敏感で、視覚的に再現する能力が高い。
(5) 身体運動的知能（Bodily-Kinesthetic Intelligence）
　　自分の考えや感情を表現するために、身体全体、または一部、手足、腕、指を使う能力。バランス感覚や柔軟性に富み、強さや巧みさを

兼ね備えており、運動能力が高い。

(6) 対人的知能（Interpersonal Intelligence）
他人の意図、動機、欲求等を理解し、他人とうまくやっていく能力。声のトーンや表情、ジェスチャーなどに敏感で、対人的なやり取りに効果的に反応できる。

(7) 内省的知能（Intrapersonal Intelligence）
自分自身を理解し、客観的に考える能力。自律心や自尊心が高く、自分の感情の起伏などを認識することに優れている。

(8) 博物的知能（Naturalist Intelligence）
岩や雲の形状の特徴、植物や動物などの生物間の識別能力。また、車や靴など、個体識別をする能力もこの知能に含まれる。

人間に潜在的に備わっているこれらの8つの知能は、個々に他の知能よりも秀でているものが異なり、それが個人差を生む要素となっている。また、自分の強い知能を伸ばすことによって、残りの知能も共に伸ばすことができる（Gardner, 1999）。1990年代以降、MI理論を応用した学習法として、子供同士が互いに協調して学習する形式を用いた「協同学習」（cooperative learning）が、北米を中心に教育現場で応用されている。この学習法は、CBIを実践することにより、分析力や推測力を高めることが期待できる（林, 2011）。

林（2011）によれば、MI理論を外国語指導に応用している研究は少なく、とくに日本のEFL環境では皆無に等しい状態であるという。MI理論を応用して形成する授業は、子供の秀でた知能を英語教育で活かすことが可能であり、子供の興味・関心や発達段階に配慮した指導を行うことができる。MI理論は、日本の教育現場で、今後さらに注目されていくだろう。

3. 研究課題：MI理論を活用したCBI指導試案の作成

ここまで明らかになったように、現段階の日本の小学校英語が、正規

の教科として取り入れられていないことや、教員の研修不足などが、近隣アジア各国と比べて大きな格差を生み出す要因となっている。必修化2年目に入り、小学校英語の現場ではまだ手探りの状況であることは確かである。しかし、将来的な見通しとして、どのような授業を子どもたちに与えることが可能であるか、言語教育的、認知的な側面から、方向性を見定めて行く必要がある。

　CBIとMI理論の有用性が認められている今、現在の小学校英語に、内容中心の指導方法を取り入れることで、アジアの英語教育の質に近づき、同等程度の成果を見込むことができるのではないだろうか。また、複合的な指導法を用いることによって、子供たちの中にある潜在的な知能を活かすことができるならば、それは英語教育にとっても大きな成果となるだろう。そこで本研究の課題として、小学校英語の将来的な教科化を視野にいれ、MI理論を活用したCBIモデルの指導試案の作成を試みる。

3-1. 試案作成における条件設定

　指導試案の作成においては、実現可能なものとなるよう、小学校英語の現状をふまえ、下記(1)～(4)の条件を設定する。

(1) 対象生徒の設定
小学校英語が現在必修である第5学年または第6学年を対象とする。生徒数は、一般的な公立小学校でのクラス人数の35名とする。

(2) 指導者の設定
学級担任（HRT）とALTまたはJTEのTTとする。第1章の指導者における調査結果に基づき、担任への負担軽減と、効果的且つ安定した英語のインプットを与えるために、JTEをT1、ALTまたはHRTをT2と設定する[12]。

(3) テーマの設定
この試案では、『Hi, Friends! 1』(Lesson 4)と『Hi, Friends! 2』(Lesson

3）の両方に取り上げられているスポーツをテーマに置く。

(4) 学習履歴

週1回、45分、およそ3ヶ月の学習履歴があるものとする。これは、『Hi, Friends! 1』、『Hi, Friends! 2』でスポーツを扱っている単元までの指導時間数をもとに算出している。

3-2. MI 理論を活用したテーマの展開

図2は、Armstrong（2009, p. 65）が提案する "MI Planning Sheet" を使用して展開した web である。ここで示したそれぞれの知能に関連する活動は、以下のようになる。

Linguistic
・Alphabet Recognition
・Sound Recognition
・Vocabulary: Sports, etc.
・Story: "SWING!"
・Message Card:
Students write a short fan letter to their favorite athletes.

Logical-Mathematical
・Survey:
What's your favorite sport？
・Olympic Quiz:
How many gold medals … ？

Visual-Spatial
・World Flags Game:
Listen and draw/color the flag
Which country's flag is this？

Naturalist
Animal Olympic Quiz:
Which animal can run/fly/swim faster？

SPORTS/ OLYMPICS

Musical
・Sports chant
・Mini Olympics:
Can you count one minute without looking at a clock？

Intrapersonal
・Self-Evaluation:
Students evaluate themselves after each lesson.

Interpersonal
・Cooperative Learning:
Students work in pair or group and cooperate to solve each task.

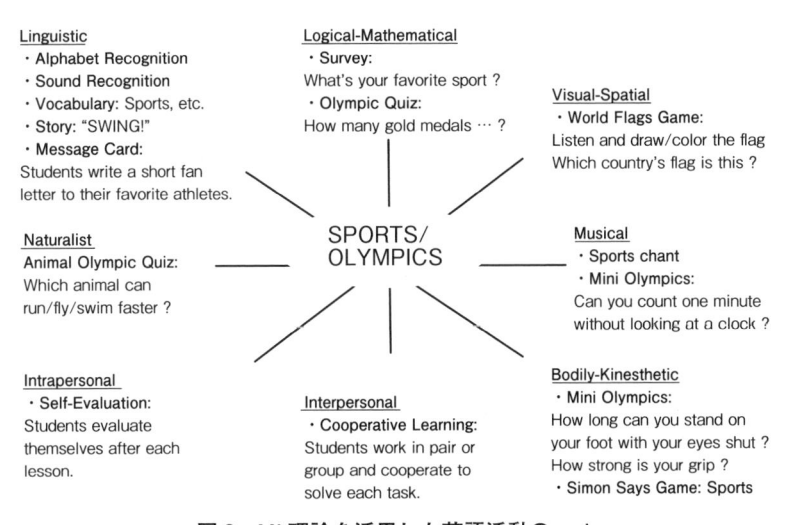

Bodily-Kinesthetic
・Mini Olympics:
How long can you stand on your foot with your eyes shut？
How strong is your grip？
・Simon Says Game: Sports

図2　MI 理論を活用した英語活動の web

・ 論理数学的知能（Logical-Mathematical Intelligence）

クラスでスポーツの人気投票を行ったり、オリンピックで国別の金メダル獲得数を推測したりする活動を設定している。ここで子供たちは、算数の時間に既習した棒グラフや符号を使った表し方を振り返ることができ、自らの中にある論理数学的なスキーマ[13]を使って、

活動することができる。
- 音楽的知能（Musical Intelligence）
音楽的な知能を引き出す活動として、歌やチャンツに触れるだけでなく、リズムを刻んで1分間を時計なしで計測する活動を加えている。準備には数学的知能も活用し、人間が無意識に刻むリズム（拍手など）が10秒間でおよそ何回あるか計測し、その数値を6倍し、1分間を計測する活動である。
- 視覚空間的知能（Visual-Spatial Intelligence）
オリンピックと関連性をもたせ、世界の国々の国旗をもとに、色や形、縞の向きやシンボルを空間的に配置したり、色を塗って完成させたりする活動を設定している。国旗によっては複雑なイメージを含んでいるものがあるため、事前に選択しておくなどの配慮が必要である。
- 身体運動的知能（Bodily-Kinesthetic Intelligence）
教室内で行うには制限があるため、握力を計ったり、目を閉じて片足でどのくらい長く立っていられるかなどを競う活動としている。また、子供の学習者を対象とした指導で効果的と言われるTPR[14]を活用し、Simon Says Gameを取り入れている。
- 対人的知能・内省的知能（Interpersonal Intelligence & Intrapersonal Intelligence）
仲間と積極的に関わり合えるよう、グループ活動やペアワークを活用している。また、活動の後に自己評価をすることによって、内省する時間を設けている。
- 博物的知能（Naturalist Intelligence）
動物や昆虫の生態や特徴について理解を深める活動である。この分野の知能の高い子供が、既知の情報をもとに、周囲に教えることもできるようグループ活動として扱うこととする。
- 言語的知能（Linguistic Intelligence）

そもそも、活動を通して言語を学ぶことは、言語的知能を活用することを意味する。しかし、EFL/EIL環境で英語を学ぶ日本人の子供たちにとっては、「聞く・話す」活動とは別に、「読み・書き」の活動において、アルファベットの認識から段階的に力を伸ばしていく必要がある。文字や単語の扱いについては、『小学校学習指導要領』の中で、「音声によるコミュニケーションを補助するものとして用いる」と定められているが、この試案では、将来的な教科化を視野にいれているため、アルファベットと音素の認識力を高める2種類の基本的な活動を取り入れている。

また、授業で扱う絵本については、テーマであるスポーツに関連した本を、教師と一緒に音読する活動としている。子供たちの学習意欲が高い場合、彼らの「読みたい」という欲求を教師が制限することは、教育の真意から外れることになるだろう。読む活動については、子供たちの学齢やモチベーションにあわせた対応が必要になる[15]。最後に、子供たちが興味を持って取り組めるよう、ここでは好きなオリンピック選手にカードを書くという活動も設定している。指導には文字の読み書きが伴うため、指導者の十分な準備と配慮が必要である。しかしながら、アジアの英語教育と比較しても、子供たちの読み書きの能力の育成を抜きにしては、これからの小学校英語を語ることはできないだろう。

3-3. webから授業計画への展開

指導計画を立てるにあたっては、小学校英語の授業時間をもとに、ひとつのテーマを4〜6回程度で完結することが一般的である。この試案では、web（図2）から4回分の授業計画に展開するため、8つの知能のいくつかを組み合わせて活動内容を作成している[16]。

また、学習目標は、3-2の終わりで述べた理由により、『小学校学習指導要領』で定められている範囲よりも、やや高めに設定している。

(1) 学習目標
- 活動を通して、スポーツや世界の国々について興味関心を深める。
- 活動を通して、英語でコミュニケーションを図ろうとする積極的な姿勢を養う。
- クラスの友達とお互いの気持ちや考えを英語で伝えあうことができる。
- 学習した単語や表現を英語で理解することができる。
- テーマに関連する単語を認識することができ、また、語頭音を聞き分けることができる。

(2) 指導計画（上段：学習のねらい／中段：活動内容／下段：主な言語材料）

(3) 言語材料の取り扱い

試案で扱っている言語材料については、主なものを掲載している。前述した Krashen の「インプット仮説」(Input Hypothesis) と Swain の「アウトプット仮説」(Output Hypothesis)（1-3、及び注5、6を参照）に基づき、子供たちの中で「学び」が起こるようにすることが重要である。特に、活動の際中には、言葉を全体的（holistic）に「トップダウン手法」(top-down) で与え、学習者が言葉をまるごと（whole）学んでいくことが大切である。一方で、アルファベットや音素の認識のような活動では、下からの積み上げが実を結んでいく。このような活動では、言葉は「ボトムアップ手法」(bottom-up) で指導することが望ましい。筆者の試案では、基本26音の認識まで取り扱うこととし、テーマに関連する単語から、文字と音を学ぶ活動を設定している。

4. ディスカッション：MIを活用したCBIの利点と課題

Grabe & Stoller (1997) は、言語習得の課程や実際のプログラムの成果などをまとめ、7つの論理的根拠に基づいてCBIの有効性を説明している。

3. MI理論を活用した内容中心指導法

第1時
- 英語に興味を持ち、身近なスポーツの名称を英語で理解することができる。
- 好きなもの（スポーツ）を伝えたり、相手に尋ねたりすることができる。
- 学習した単語の始めの文字を認識することができる。

〔導入〕　絵本『SWING!』，歌とチャンツ（Sports Chant）
〔活動①〕　文字認識活動（Alphabet Recognition: "What letter does 'baseball' start with?"）
〔活動②〕　ゲーム（Simon Says Game: "Simon says, 'Play baseball!'"）
〔活動③〕　インタビュー活動（Survey: "What's your favorite sport?" "I like soccer. How about you?"）
〔まとめ〕　まとめと自己評価（Wrap up & Self-evaluation）

〔主な語彙〕
Sports（badminton, basketball, boxing, gymnastics, judo, soccer, table tennis, tennis, skating, skiing, snowboarding, tae kwon do, track and field, volleyball, wresting）
〔主な表現〕
"What's your favorite sport?" "I like …"

第2時
- 色や形などの語彙を学び、それらを使った活動を行うことができる。
- 世界の国々と国旗に関する活動を通して、情報を聞き取ったり、描写したりすることができる。
- 学習した単語の語頭の音を認識し、聞き分けることができる。

〔復習〕　絵本『SWING!』，歌とチャンツ（Sports Chant）
〔活動①〕　音素認識活動（"Baseball, boxing, golf. Which word has the different initial sound?"）
〔活動②〕　語彙を中心としたゲーム（I Spy: shapes, colors, sizes. "I spy something big and round."）
〔活動③〕　リスニング活動（Word Flags Game: "Draw a big circle and color it red."）
〔まとめ〕　まとめと自己評価（Wrap up & Self-evaluation）

〔主な語彙〕
Sports（前出と同様）; Shapes（circle, star, stripe, square, rectangle）; Adjectives（big, small, long, short, wide, narrow）; Colors（red, yellow, green blue, white, black）; Countries（Japan, China, Australia, U.K., U.S.A., Korea, Greece, Italy, France, Russia, Germany, Brazil）
〔主な表現〕
"Draw …" "Color …" "Which country's flag is this?" "It's …"

第3時
- 動物に関する知識を使い、情報を聞き取ったり、描写したりすることができる。
- 身体を使った活動を通して、友達と積極的に関わり合うことができる。
- 文字列から、学習した単語を見つけ出すことができる。

〔復習〕　絵本『SWING!』，ゲーム（Simon Says Game: "Simon says, 'Jump like a rabbit!'"）
〔活動①〕　クイズ（Animal Olympic Quiz: "Which animal can run faster?"）
〔活動②〕　グループ活動（Mini Olympics: "Can you count one minute without looking at a clock?"）
〔活動③〕　文字認識活動（Word Search Worksheet（スポーツ））
〔まとめ〕　まとめと自己評価（Wrap up & Self-evaluation）

〔主な語彙〕
Animals（cheetah, ostrich, kangaroo, dog, horse, lion, giraffe, cat, bear, rhinoceros, human, elephant, camel, pig, sloth, penguin）; Verbs（jump, walk, run, crawl, swim）
Adjectives（fast, slow, high, low）; Numbers（one 〜 hundred）
〔主な表現〕
"Which animal can run faster?" "I/We think … can run faster than …"
Calculation: "15 times ten equals …" "Can you … ?"

Ⅰ. 英語教育学研究

第4時	・これまでに学習した世界の国々についての知識を通し、世界にむけた広い視野を養う。 ・個人での活動を通し、積極的に英語を使おうとする姿勢を養う。 ・手本をもとにして、自分の好きなオリンピック選手に宛てた短い文を書くことができる 〔復習〕　リーディング活動　絵本『SWING!』（Read along with the teacher.） 〔活動①〕　スピーキング活動（Countries & flags: "Which country's flag is this?" "U.K.!"） 〔活動②〕　グループ活動（Olympic Quiz: "How many gold medals did Japan get at London?"） 〔活動③〕　ライティング活動（Message Card: Write a short fan letter to the Olympic athletes.） 〔まとめ〕　まとめと自己評価（Wrap up & Self-evaluation） 〔主な語彙〕 Countries（前出と同様）; Numbers（前出と同様, 年号）; Sports（前出と同様） 〔主な表現〕 "How many medals did Japan get at London?" Writing a letter: "Dear …, Hello. My name is … I saw you on TV… All the best, … etc."

(1) CBI では、学習者が内容を学んでいる間に、多くの言葉に触れることができる。

(2) CBI では、意味のある文脈の中での学習が行われるため、学習者は、言葉を断片的に学ぶのではなく、むしろ内容に関連した言語活動を通して言葉を学ぶことができる。

(3) 学習者は、既知の情報や専門的な知識を、CBI の授業の中で活用することができる。

(4) CBI の授業では、学習者のモチベーションを上げることができる。

(5) CBI は、協同学習やプロジェクトを通した学習などを、自然な形で取り込むことができる。

(6) CBI は柔軟性が高いため、様々なカリキュラムや活動の中に取り入れることができる。

(7) CBI は、学習者中心の授業活動を展開することができる。

上記の Grabe & Stoller が述べた有効性の中で注目すべき点は、(1)学習者が大量のインプットを得るという点と、(2)断片的に言語を扱うのではなく、内容に関連した言語活動を通して言葉を学ぶことができるという点だろう。たとえば、数学的な知能を使い、与えられたタスクにグループやペ

アで取り組むといった活動は、表現を教えたいあまりに非現実的な状況設定で行う活動より、はるかに興味深いものになるだろう。

　さらに、Peck（2001）は、子供を対象とした指導においては活動内容が子供中心であり、「本物の」(authentic) コミュニケーションが行われるべきであるとし、指導上の留意点を次のようにまとめている。

(1)　言葉の正確性ではなく、意味に焦点を当てること。
(2)　言葉ではなく、活動内容を重んじること。
(3)　協力し合い、社会性を育むことを大切にすること。
(4)　動作や感覚、また具体物や写真などを用いるなど、様々な活動を通して、豊かな言語環境を与えること。
(5)　4技能を統合し、第二言語を全体的に指導すること。
(6)　学習者の年齢や興味・関心に適した指導を行うこと。
(7)　言葉をひとつの道具と捉え、学習者が社会的・学問的な目的で言語を使用すること。
(8)　本物のコミュニケーションのために言葉を使うこと。学習の対象としないこと。

「本物のコミュニケーション」とはどのようなものか。たとえば、『英語ノート』で扱われている道案内などの活動を例に挙げると、子供たちは、道案内をするために作り上げられた英語表現を用いることを求められる（"Go straight, turn right, turn left, stop!" etc.）。これはコミュニケーションという形式をとってはいても、実際のコミュニケーションとは異なるものである。EFLやESLの教室で配慮されるべき「本物であること」(authenticity) とは、目の前に課されたタスクをやり遂げるために、<u>自然な状況で言語を使用すること</u>である。子供たちにインプットとして与える英語を、簡素化して無意味なものにしてしまっては本末転倒である。子供たちにとって難解である場合には、理解の状況に応じて分かりやすく説明

を加えたり言い換えたりするなど、教師が英語で指導できる十分な英語力があれば、発話（teacher talk）を工夫することで、学習者の理解を補うことができる。

　また、『英語ノート』や『Hi、Friends!』を使用した指導では、「文字は音声の補助的なものとして扱う」という学習指導要領の取り決めのもと、文字の扱いを最小限にとどめているために、Peckが指摘する(5)「4技能の統合」は、実現が難しい。4技能のうち、読み書きを除いた指導が、十分な英語力の育成に効果的かどうかは疑問が残る。教科化を視野に入れれば、子供たちの高い言語力の育成のためには、包括的に有効な指導体制と指導法の構築が必要である。その観点から、CBIのような指導法は、子供の学習者を対象とした場合に有効であり、また、MI理論を指導案作成時に活用することで、子供たちひとりひとりの優れた知能を引き出すことも可能になる。

　しかし、これらの新しい考え方の導入については、まだ課題も多い。指導案の作成を例にとっても、英語教育の専門的な知識が不可欠であるがために、英語専科教員の力が必要となる。現在の小学校英語の環境では、主に学級担任が指導案を作成し指導するため、その枠を超えない限り、導入は難しいだろう。必修化から2年目になり、これまでの成果に期待を寄せる一方で、今後の小学校英語の在り方については、まだ多くの難題を抱えていることは否めない。

おわりに

　試作版から始まった『英語ノート』が『Hi、Friends!』へ移行し、コンセプトは変わらずとも、新しい教材で2012年度の小学校英語が始まった。学級担任の英語力の向上はもちろんだが、これからの見通しとして、小学校における英語の教科化と専科教員による指導という基盤形成が、日本の小学校英語をアジア標準レベルに上げる近道だと言える。

　子供の可能性や知的好奇心を満たすために効果的な指導法を模索してい

けば、最終的にたどり着くところは、やはり「本物のコミュニケーション」だろう。小中一貫の取り組みもこれからの小学校英語を後押しするだろう。中学校教員が小学校で指導する例も増えていくと考えられる。しかしながら、留意しなければいけないのは、言語構造などの指導を基本とする中学校教員が、いかに活動を重視した小学校英語の指導方法にスムーズに切り替えられるかである。

　子供たちの興味・関心を中心とし、コミュニケーション能力を高めるためには、児童英語の専門的な知識や指導技術が必要となる。小学校教員に対する研修のみならず、専門的な視点から指導が行える小学校英語専科教員の育成が、これからの小学校英語の成功の糸口であるように思う。日本の子供たちが、アジアの同世代の子供たちと肩を並べて英語でコミュニケーションできるようになるのは、いつになるだろうか。現在の小学校英語の見直しは急務といえるだろう。本稿が今後の小学校英語において新たな視点を開き、その発展の一助となることを切に願う。

　注
1）特区では、学習指導要領によらないカリキュラム編成で、株式会社による学校設置の容認、地方公共団体と民間との連携などの特例措置が行われている。拠点校は、平成19年度から、地域の学校のモデルとして全国に40校に1校程度の割合で指定され、ALTや地域人材の効果的な活用も含めた実践的な取組みを行っている。
2）文部科学省「平成23年度公立小・中学校における教育課程の編成・実施状況調査（B票）の結果について」
http://www.mext.go.jp/a_menu/shotou/new-cs/__icsFiles/afieldfile/2012/01/31/1315677_2_1.pdf
3）NPO小学校英語指導者認定協議会（J-Shine）では、50時間以上の英語の指導経験があることと、英語で授業が行えることを条件とし、認定団体が実施する規定の研修（60時間以上）を受講した上で、8割以上の成

績で合格することが求められる。その後、協議会の審査を経て、小学校英語指導者資格が認定される。
http://www.j-shine.org/shikaku.html

4) 文部科学省 http://www.mext.go.jp/a_menu/kokusai/gaikokugo/1314837.htm

5) Krashen が提唱した5つの仮説のうちの「インプット仮説」(Input Hypothesis) を指す。学習者の話す「中間言語」(interlanguage) のレベルよりも、「少し上のレベル」(+1) のインプットを与えること (i+1) で、言語が習得されるという説である。

6) Swain が提唱した「アウトプット仮説」(Output Hypothesis) によれば、言語能力を発展させるためには、「理解可能なインプット」(comprehensible input) のみならず、「理解可能なアウトプット」(comprehensible output) も不可欠であるとし、発話の修正を強要する「強要アウトプット」(pushed output) も重要であると説いている。

7) 東京都教育委員会 (2009). 『東京都小学校外国語活動推進委員会報告書—小学校学習指導要領外国語活動の目標及び内容等に則った授業を推進するために—』東京都教育庁指導部義務教育特別支援教育指導課
http://www.kyoiku.metro.tokyo.jp/buka/shidou/manabiouen/gaikokugohoukoku.pdf

8) 「中教審初等中等教育分科会　教育課程部会 (第45回 (第3期第31回)) 配布資料」を参照。
http://www.mext.go.jp/b_menu/shingi/chukyo/chukyo3/004/siryo/06091107/004/009.htm

9) 視察にあたっては、千葉大学教育学部英語科に同行し、上海市教育委員会への表敬訪問と現地校3校(小中学校あわせて3校、7年生2クラス、4年生1クラス、2年生1クラス) を見学した。現地教育委員会では、国際交流所所長の張進氏と、外国語教学委員会副会長の朱浦氏より上海の英語教育事情について詳しい話を聞く事ができた。記して御礼申し上

げる。

10) イマージョン・プログラムとは、第二言語を用いて教科内容を指導する教育プログラムである。トータルイマージョン、部分イマージョンなど、目標言語の使用量に応じたモデルがある。日本では1992年に静岡県の加藤暁秀学園が日本で最初に導入しているほか、近年、教育特区のぐんま国際アカデミーでの実践も注目されている。

11) webbingとは、トピックやテーマを中心に置き、線を引き出しながらクモの巣のように関連する活動を配置していく手法で、mappingとも呼ばれる。完成したweb/mapをもとに指導案を作成する。

12) チームティーチング（TT）における指導者の役割分担では、主たる指導者をT1、従たる指導者をT2と呼ぶ。

13) スキーマ（schema）とは、ピアジェによって概念化されたモデルで、周囲の環境と関わる際に使われる既知の知識の枠組みである。人間の認知プロセスにおいては、既知の概念を活用して未知のものを調整・同化し、内在化することで理解を深めていく。たとえば、極端な例を挙げると、乳幼児が動物のことを総称して「ワンワン」と認識していたとする。ある日、母親がスズメを指差して「チュンチュン」と教えたとすると、子供は4本足の動物は「ワンワン」、2本足で空を飛ぶ動物は「チュンチュン」であると調整し、スキーマを構築する。次に子供がハトを目にした時、足が2本で空を飛ぶ動物は、「ワンワン」ではなく「チュンチュン」であると、新たなスキーマを使って同化し、内在化するのである。

14) TPR（Total Physical Response）とは、Asherによって1980年代に考案された「全身反応法」で、教師の発する言葉を聞き、その指示通りに即座に行動することによって、言葉を「全身で」覚えていく指導法である。子どもを対象とした代表的な活動に、Simon Says Gameなどがある。小池（1994, p. 174）によれば、子供の脳では、「感覚運動野」の働きが活発で、感覚や運動を通して物事を認知し、記憶していくという。

15) アレン玉井（2011）が提唱する「物語を中心としたカリキュラム」

Ⅰ. 英語教育学研究

(Story-based Curriculum) では、活動の中心に物語を置き、授業を展開していく。物語の豊かな文脈の中で言葉に触れ、また関連する活動を通して理解を深めていく指導法である。子供たちは段階的に音韻認識能力を高めていく一方で、ひとつの物語を、手話やリズムをつけた Joint-Storytelling という手法で暗唱するようになる。子供たちが諳んじることができるようになったのちに文章を与え、「音と文字を一致させて読む」活動に至る。品川区立小山台小学校では、アレン玉井氏の協力のもと、担任主導による物語を中心とした指導がされており、近年注目を集めている(「パイオニアが本気の英語教育 ―たかが35コマ、されど・・・―」『内外教育』第6062号 2011年3月1日 時事通信社.「小学校英語 物語で無理なく ―東京・品川の区立小、1年生から授業―」2011年12月5日日本経済新聞23面.)。

16) 組み合わせる際には Armstrong (2009, pp. 215-221) を参考にした。また、学習目標の設定においては、『小学校学習指導要領』(文科省, 2008b) を参考にした。

参考文献

アレン玉井光江 (2010).『小学校英語の教育法 ―理論と実践―』大修館書店.

アレン玉井光江 (2011).『ストーリーと活動を中心にした小学校英語 ―ストーリー指導法完全ガイドブック 理論と実践―』小学館集英社プロダクション.

Armstrong, T. (2009). *Multiple intelligences in the classroom* (3rd ed.). Alexandria, VA: Association for Supervision and Curriculum Development.

Canale, M., & Swain, M. (1980). Theoretical bases of communicative approaches to second language teaching and testing. *Applied Linguistics 1* (1), 1-45.

Celce-Murcia, M. (Ed.). (2001). *Teaching English as a second or foreign language* (3rd ed.). Boston: Heinle Cengage Learning.

Gardner, H. (1999). *Intelligence reframed: Multiple intelligences for the 21st century*. New York: Basic Books.［松村暢隆（訳）(2001).『MI：個性を生かす多重知能の理論』新曜社.］

Gardner, H. (2006). *Multiple intelligences: New horizons* (2nd ed.). New York: Basic Books.

Gardner, H.(2011). *Frames of mind: The theory of multiple intelligences* (3rd ed.). New York: Basic Books.

Grabe, W., & Stroller, F. L. (1997). Content-based instruction: Research foundation, In M. A. Snow & D. M. Brighton (Eds.), *Content-based classroom: Perspectives on integrating language and content* (pp. 5-21). New York: Longman.

林桂子 (2011).『MI理論を応用した新英語指導法 —個性を尊重し理解を深め合う協同学習—』くろしお出版.

樋口忠彦・他（編）(2010).『小学校英語教育の展開 —よりよい英語活動への提言—』研究社.

本名信行 (2002).『事典 アジアの最新英語事情』大修館書店.

本名信行 (2004).「アジア諸国における英語教育の取り組み」中央教育審議会教育課程部会 外国語専門部会（第3回）平成16年5月13日配布資料5-1 及び議事録
http://www.mext.go.jp/b_menu/shingi/chukyo/chukyo3/015/siryo/04052601.htm

金森強（編）(2003).『小学校の英語教育 —指導者に求められる理論と実践—』教育出版.

大下邦幸 (2007).「小中連携の実態：アンケート調査の結果から」松川禮子・大下邦幸（編著）『小学校英語と中学校英語を結ぶ』(pp. 25-61) 高陵社書店.

小池生夫（監）(1994).『第二言語習得研究に基づく最新の英語教育』大修館書店.

Ⅰ．英語教育学研究

Krashen. S. D. (1985). *The input hypothesis: Issues and implications.* New York: Longman.

Long. M. (1985). Input in second language acquisition theory. In S. M. Gass & C. G. Madden (Eds.), *Input in second language acquisition* (pp. 377-393). Rowley, MA: Newbury House.

望月昭彦（編）(2010).『改訂版　新学習指導要領にもとづく英語科教授法』大修館書店.

文部科学省 (2001).『小学校英語活動の手引き』開隆堂.

文部科学省 (2008a).『小学校学習指導要領』東洋館出版社.

文部科学省 (2008b).『小学校学習指導要領解説　外国語活動編』東洋館出版社.

文部科学省 (2009).『英語ノート1』『英語ノート2』開隆堂.

文部科学省 (2010).『中学校学習指導要領』東山書房.

文部科学省 (2012).『Hi, Friends! 1』『Hi, Friends! 2』東京書籍.

村野井仁 (2006).『第二言語習得研究から見た効果的な英語学習法・指導法』大修館書店.

村瀬登志夫（編）(2009).『伝え合う内容重視の小学校英語活動指導細案』明治図書.

Nunan, D. (2001). Syllabus Design. In M. Celce-Murcia (Ed.), *Teaching English as a second or foreign Language* (3rd ed., pp. 55-65). Boston: Heinle Cengage Learning.

岡秀夫・金森強（編）(2007).『小学校英語教育の進め方―「ことばの教育」として―』成美堂.

Peck, S. (2001). Developing children's listening and speaking in ESL. In M. Celce-Murcia (Ed.), *Teaching English as a second or foreign language* (3rd ed., pp. 139-149). Boston: Heinle Cengage Learning.

Savignon, S. J. (2001). Communicative language teaching for the twenty-first century. In M. Celce-Murcia (Ed.), *Teaching English as a second or foreign Language* (3rd ed., pp. 13-28). Boston: Heinle Cengage Learning.

Snow, M. A. (2001). Content-based and immersion models for second and foreign language teaching. In M. Celce-Murcia (Ed.), *Teaching English as a second or foreign language* (3rd ed., pp. 303-318). Boston: Heinle Cengage Learning.

Swain, M. (1985). Communicative competence: Some roles of comprehensible input and comprehensible output in its development. In S. M. Gass & C. G. Madden (Eds.), *Input in second language acquisition* (pp.235-253). Rowley, MA: Newbury House.

高橋一幸 (2007).「日韓の義務教育における英語教科書の比較研究 ―小中連携英語教育の将来像検討のために―」『神奈川大学 心理・教育研究論集』第 26 号, 5-48.

高橋美由紀 (2006).「小学校英語活動における指導力育成のための教員養成カリキュラム」『JASTEC 研究紀要』第 25 号, 35-55.

冨田祐一・他 (2008).「特区における英語教育の実態調査の結果の分析」『JASTEC 研究紀要』第 27 号, 1-24.

山賀尚子 (2007).「Multiple Intelligences を活かしたカリキュラム編成と児童の反応」『JASTEC 第 28 回全国大会資料集』26-28.

吉田研作（編）(2008).『21 年度から取り組む小学校英語』教育開発研究所.

Vale, D., & Feunteun, A. (1995). *Teaching Children English*, Cambridge: Cambridge University Press.

II. 英語学研究

1. 連語から見た類義語と除去動詞

荻野　隆聡

はじめに

　本稿では英語を学ぶ日本語母語話者の目線から日英語の意味の相違点及び類似点について考察する。特に、つい見過ごされがちな類義語と動詞の目的語の意味的種類についてみていく。経験では（現在は、筆者の勤務したころとはかなり様子が変わっているとは思うが）、中学校・高等学校では英文法を意識した授業が多くみられるようである。けれども外国語として英語を理解する上では、文法だけではなく意味の面にも当然、意を用いるべきであろう。例えば、国広（1981）は図1及び(1)(2)を提示して、英語のseeとlook、日本語のミルとミエルの意味関係を説明している。

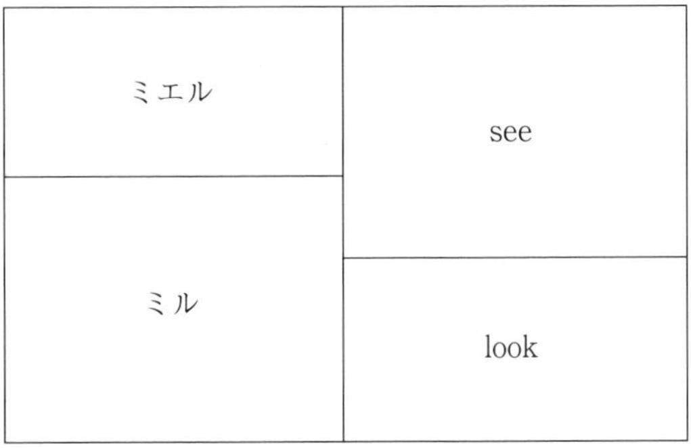

	see
ミエル	
ミル	look

図1

(1) Come and *see* what I've found! 〈来てこれ見てごらん〉

(2) *See* page 124.〈124 ページを見よ〉

(1)、(2)は英語の命令形として自然かつ正しい文だが、ミエルは命令形で用いることはできない。

(3)＊あの虹を（が）ミエロ。

一方、ミルはミロ／ミヨ／ミテのように命令形にすることができる。

(4) 右をミロ／ミヨ／ミテ。

「ミル・ミエル」、see, look のような基本中の基本語でもその意味範囲において微妙に異なる場合が少なくない。次節以降では、特に英語学習者が英語習得の過程で混乱しやすい連語について考える。

1. 連語（collocation）[1]の定義

日本語学の観点から連語の定義及びその重要性を説明したものに国広（1997, p. 128）がある。国広は郷里では「風呂から上がる」と言っていたが、上京して「風呂から出る」という言いかたを知ったことをあげ、以下のように述べている。

> 複合名詞を作る場合には「あがり」はあるが「出」はない。
> 風呂あがり　　×風呂出
> 湯あがり　　　×湯出
> あがり湯　　　×出湯
> なお、「ビールは風呂あがりの一杯がうまい」などとよく言うが、辞典には「風呂あがり」は採録されていない。<u>この「風呂」をめぐる表現のように、理屈からは決めることができず、だれかに教えてもらわ</u>

1. 連語から見た類義語と除去動詞

なければならないような語の結び付きは、辞書に記載されていなければならない。この結び付きを「連語」と呼ぶことにする。連語とは、語と語の結び付きかたは決まっているけれども、全体の意味はすぐ分かる、という性質のものである。(下線は筆者による)

籾山 (2006) は「風邪を引く」「約束を破る」を連語としてあげている。「風邪を引く」は空気中に漂っているウイルスが、呼吸により引きつけられ、これを吸い込んで風邪にかかるのであるから、「風邪」と「引く」の結び付きかたは決まっているが全体の意味はすぐ分かるため連語といえる。同様に「約束を破る」も、約束をした2人ないしは2人以上の人物の間を結ぶ線のように捉えられている「約束」を破るというメタファー的に解される連語といって差支えなかろう。英語の 'break one's promise' も連語と言ってよい。連語と似た現象について池上 (1991, p. 1) が述べていることは興味深い。

> ある年の入試の下線部英訳の問題の中にたまたま「辞書をひく」という表現が入っていた。問題を見た時から、多分これを逐語的に直訳した答案が出てくるだろう、しかし、そういう答案にはお目にかかりたくないものだ、いずれにせよ、出てくるとしてもごく少ないだろう、そうであって欲しいなどと思っていた。実際に採点を始めて驚いたことには、'draw a dictionary' という解答が次々にでてくる。それも十枚に一枚という程度のものではなかった。よくは覚えていないが、時には半分に近いのではないかと思える割合であったような印象が残っている。

池上 (1991, p. 3) は、日本語の「辞書をひく」は「イディオム (慣用句)」表現であり、イディオムは、それを構成している個々の部分の意味を加え合わせても全体としての意味にはならないような表現と説明している。確

かに日本語の「辞書をひく」については、「辞書」を「(手前に) 引く」では全体の意味はすぐにはわからない。以下、論を進めるに当たり連語と慣用句ははっきりと分けて考えねばならない。英文法の立場からは連語はどのように定義されているだろうか。次の定義は『現代英文法辞典』[2]のものである。

> collocation（連語）(1)定義。ある言語において統語論的にも意味論的にも可能な語彙項目と語彙項目の結合の中にも、実際よく現れる結合とそうでない結合がある。語彙項目間の、ある言語に繰り返しよく現れる共起関係をいう。例えばhard、strong、toughという類似した意味の語彙ではhard luck、hard facts、hard evidence；strong evidence；tough luckは連語を形成するが、strong luck、strong factsとtough facts、tough evidenceは連語にならない。

上の定義は日英語で結合する品詞の違いこそあれ、「風邪を引く」「約束を破る」の関係と同じである。次節で扱う連語はこの定義に基づき考察する。

2.「可能性」と対応する英語語彙の連語関係

「可能性」を修飾する形容詞は、通常「高い」「低い」が使われることが多い。

(5) 可能性が高い。(『岩波国語辞典』)
(6) 可能性が低い。

(7)-(12)のように「大きい・小さい」、「濃い・薄い」、「強い・弱い」が使われることもある。

1. 連語から見た類義語と除去動詞

(7) 可能性が大きい。
(8) 可能性が小さい。(『大辞林』)
(9) 可能性は濃い。
(10) 実現の可能性は薄い。(『三省堂国語辞典』)
(11) 全員遭難の可能性が強い。(『明鏡国語辞典』)[3]
(12) 可能性が弱い[4]。

試みにインターネットで、「可能性」で検索してみると、以下のような例も見つかった。ここで用いられている「浮上」は、下にあったものが上に移動するわけであり、(5)(6)に準じた用法として見てよい。

(13) エコポイントが「省エネポイント」として復活する可能性が浮上。
(http://gigazine.net/news/20110908_ecopoint_turn_into_energy_saving_point/)

これらの例をみると、日本語では「可能性」という語を、地面から上に伸びるもの、3次元的な大きさのあるもの、液体のように濃薄があるもの、強弱のあるもののようにかなり多岐にわたった捉え方をしているのがわかる。

一方、「可能性」にあたる英語として possibility、chance、probability、likelihood がある。これら4語に付すことができる、またはできない形容詞として Bolinger & Sears (1981, p. 55) は表1をあげている。

good likelihood	strong likelihood	*high likelihood
*good probability	strong probability	high probability
good possibility	strong possibility	*high possibility
good chance	*strong chance	*high chance

表1

これら4語は日本語にすれば「可能性」「見込み」「公算」「確率」などの

II. 英語学研究

ような訳語が当てはまるが[5]、問題は英語の方である。まず likelihood と probability の意味の違いについて諸々の英和辞典はあまり触れていないが、*Oxford Learner's Thesaurus* の possibility の項には次のような注記がある。

> Probability is used more in scientific and technical contexts; likelihood is used more in business contexts. However, in everyday speech you can usually use either word. (probability は科学的、技術的な文脈でより多く用いられる。likelihood はビジネスの文脈でより多く用いられる。しかし、通常の会話ではどちらの語も使うことができる)(日本語訳は筆者による。以下の英文についても同)

また、*Longman Language Activator*(以下 *Activator*)の probably の項には probability の意味・用法について次のような記述がある。

> probability　how likely it is that something will happen, especially if you can calculate this. (物事が起こる確率を表す。特にその確率を計算できるような場合に用いられることが多い)

以下に例をいくつか上げる。

(14) The group of scientists found that there is no higher *probability* for an earthquake at this time on this fault than at any other time in the next several years. (*Collins Wordbanks Online*, 以下 *Wordbanks*[6])(科学者の研究チームは、今後数年間のどの時期と比べても、現在のところこの活断層で地震がより高い確率で起こることはないと発表した)

(15) He must calculate the *probability* of failure.（*COBUILD English Learner's Dictionary*, 以下 *COBUILD Learner's Dictionary*）（彼は失敗する可能性があることを考慮に入れなければならない）

(16) There is a high risk strategy with a strong *likelihood* of failure.（*Macmillan Collocations Dictionary for Learners of English*）（失敗の可能性がとても大きい、多くの危険をはらむ計画が存在する）

(17) There is every *likelihood* that she will succeed.（*COBUILD Learner's Dictionary*）（彼女が成功する可能性はとても高い）

(14)は、科学者が今現在、数年後よりも地震が起こる可能性が高いとは言えないと主張しており、地震が起こる可能性は何パーセントと数値化できる。(15)は、失敗する確率を計算するという文脈なので数値化できることは明らかである。(16)(17)もそれぞれ、失敗の可能性の高いかつ多くのリスクを伴う計画、彼女が成功する可能性は極めて高いというビジネスの場で使用されるような文脈である。

次に chance について *Activator* の probably の項に以下のような説明がある。

> chances　how likely it is that something will happen, especially something that you want to happen.（物事がどれくらいの確率で起こりうるか、特に人間にとって起こることが望ましいような場合に使われる）

この説明は少し不十分で、人間にとって、起こって欲しい良いこと又は起こって欲しくない悪いことを表す場合によく用いられるのである。実例を見てみるとこのことが分かる。

(18) But patients who hear such comments as, 'You have a 25

percent *chance* of surviving this cancer' frequently interpret them to mean, 'I have a 75 percent *chance* of dying.' (*Wordbanks*)（［医者が患者に癌にかかっていることを告げた後で］「この癌を克服できる可能性は 25％あります」と伝えたとしても、これを聞いた患者は「75％の確率で命を落とす」と［悲観的に］捉える場合が多い）

(19) There's always the *chance* that something will go wrong. (*Longman Dictionary of Contemporary English*, 以下 *LDOCE*)（物事がうまくいかない可能性は常に存在する）

(20) Well, I think the *chance* is improving. (*Wordbanks*)（はい、その可能性は改善されつつあると思います）

(21) The forecast has worsened, with a 60 percent *chance* of rain now in north Louisiana, and clouds are over the entire state. (*Wordbanks*)（天気予報は前よりも悪くなった。ルイジアナ北部の降水確率は 60％で、雲が州全体を覆っている）

(18)は医者が癌患者に対して肯定的な意味で「生存率は 25 パーセント（も）ありますよ」と伝えるが、患者としては悲観的に「75 パーセントの確率で死ぬ」というように受け取ってしまう。ここではもちろん、生きることが良い事態であり、死ぬことが悪い事態であるというように捉えられている。(19)では物事がうまく進むことが良い事態、うまく進まないことが悪い事態である。(20)(21)もそれぞれ、可能性が改善され高くなっていくこと、雨が降らないことが良い事態、改善されずに可能性が低いままであること、雨が降ることが悪い事態として捉えられている。この人間にとっての事態の良し悪しが、chance は形容詞 good と相性が良いということに表れていると考えられる。

possibility を *Wordbanks* で検索すると、その直前に現れる品詞は形容詞が圧倒的に多い。これは possibility が、「強弱・良し悪し」などの形容

詞が表す概念と密接に結びついている語であることの証しといえよう。また、様々な形容詞と結びつくということは、possibility が「可能性」を表す最も一般的な語であるとも考えられる。実例をあげておく。

(22) There's a strong *possibility* that it will rain tomorrow. (*Oxford Collocations Dictionary for Students of English*, 以下 *Oxford Collocations*)(明日は雨の可能性が高い)

(23) You may have been misinformed by a cosmetics salesperson. Some cosmetics salespeople have been well trained and are really uncanny in determining skin type. Others are amazingly inept. The cosmetics salesperson is often at a real disadvantage in determining skin type. When you are in a store, there is a good *possibility* that you are wearing moisturizer or foundation, and your skin may appear oilier than it truly is.(*Wordbanks*)(私たちは美容部員から誤った情報を聞かされているかもしれない。接客についてよく訓練されていて肌のタイプをするどく指摘してくれる人もいれば、驚くほど不適切なアドバイスしかくれない人もいる。後者のような美容部員は肌タイプをうまく見分けられないことがよくある。店内では、保湿液あるいはファンデーションをつけていると、肌が実際よりも脂性肌に見える可能性が高い)

(24) The study raises the *possibility* that dieting is bad for your health. (*LDOCE*) (その研究によって、ダイエットは健康に良くないという可能性が高まってきている)

(24)は興味深い例で、raise「上げる」という動詞が使われている。これは possibility が上下するものと捉えられているといえる。このことは high possibility は不可とする Bolinger & Sears (1981, p. 55) の主張とは異なる。possibility を上げることが出来るのであれば high possibility が可能でなけ

ればならない。今後この種の用法が一般的になれば、前出の表１は修正が必要になるだろう。

　今まで考察してきた可能性を表す４語の連語の観点から見た用法とその性質は次のようにまとめられるだろう。

　　possibility：可能性を表す最も一般的な語。強弱、良し悪し、更には高低といったさまざまな概念と結びつく。
　　probability：可能性が数値化できるような場合に使われることが多い。ゆえに科学・工学などの文脈で使われることが多い。
　　likelihood：ビジネスの場面で使われることが多い。high/low で修飾することはまれである。
　　chance：人間にとって起こって欲しい好ましい事態又は起こって欲しくない好ましくない事態に用いられる場合が多い。人間中心の語であるから人間にとっての良し悪しを表す good/bad で修飾することが多く、strong/weak、high/low で修飾することはまれである。

3. 除去動詞とその目的語

まずはじめに、英語動詞 risk について考えてみよう。例として教育現場でよく使われている『ジーニアス英和辞典』の定義を掲げる[7]。

　　risk　1　［SVO（M）］〈人が〉〈命・財産など〉を危険にさらす, 賭ける；〈金など〉を［競馬など］に賭ける［on］‖ 〜　one's life［neck］= 〜 life and limb《略式》命［首］を賭ける
　　　　　2　…を思い切ってやってみる；［SV doing］思い切って…する
　　　　　3　…の危険を冒す；［SV (O's) doing］（O〈人が〉）…することを覚悟でやる ‖ I 〜 ed their complaining.＝I 〜 ed the possibility that they would complain. 私は彼らが不平を言う

かもしれないのを覚悟の上でやった。

用例があげられている定義もあるが、その目的語の意味的種類の言及はない。Fillmore (1992) は次の例をあげて、risk は 3 種類の目的語をとることを示している。

　(25) Most of us decided to risk <u>the venture</u>.（我々のほとんどは、その冒険的投資の話に危険を冒してでものることにした）
　(26) You would risk <u>death</u> doing what she said.（彼女がやったようにやれば、命を失うことになるだろう）
　(27) Now he was prepared to risk <u>his good name</u>.（その時、彼は名声が失われかねない危険を覚悟していた）
　　　　（以上、例文は Fillmore (1992) より。下線は筆者による）

Fillmore は、それぞれの目的語は動作主にとって異なった意味の対象（物）だと述べている。(25)では目的語は the venture で動作主の Deed（行為）、(26)では death で動作主にとっての Harm（被害）、(27)では his good name で動作主にとっては Valued Possession（価値ある所有物）であり、それぞれ動作主にとって異なる意味合いの目的語であると説明している。目的語の意味的種類については、少なくとも従来の学校教育ではあまり触れられてこなかったように思われる。

　本節では、日英語動詞がとる目的語の意味的種類について論じるが、この問題については荻野 (1998) で動詞 clear を取り上げて論じた。後に荻野 (2000) では、扱う動詞の範囲を広げた。ここからはその後の考えの発展を含め、再度検討してみたい。「ある物質に付着している別の物質を取り除くことを意味する動詞」（以下、除去動詞[8]）は、以下の例のように汚れなどが付着した対象を目的語としてとるのが普通である。

II. 英語学研究

(28a) 手を洗う
(28b) ??汚れを洗う
(29a) コップをすすぐ
(29b) ??汚れをすすぐ
(30a) 部屋をそうじする
(30b) ??ほこりをそうじする
(31a) 床をふく
(31b) 汚れをふく
(32a) 庭をはく
(32b) 落ち葉をはく

a文の目的語はそれぞれ「手」、「コップ」、「部屋」というように取り除かれるべき物質が付着した別の物質になっている。これを仮に「対象格」目的語と呼んでおく。それに対してb文は取り除かれるべき物質そのものが目的語になっている。これを仮に「除去格」目的語と呼んでおく。(28)–(30)を見ると、除去動詞は対象格目的語をとる方がより自然な文になる。次に「ふく」「はく」は(31)(32)のように対象格、除去格ともに言えそうである。また、複合名詞を作ってみるとそれぞれの動詞が対象格、除去格どちらの目的語をとるのが好むか分かる。

(28c) 手洗い
(28d) ??汚れ洗い
(29c) コップすすぎ
(29d) ??汚れすすぎ
(30c) 部屋そうじ
(30d) ??ほこりそうじ
(31c) 床ふき
(31d) ?汚れふき

(32c) 庭はき

(32d) 落ち葉はき

(28)－(30)の除去格を使った複合名詞のd文は不自然である。(31d)の例は(28)－(30)のd文よりは自然なように思われるがそれでもまだ完全に自然とは言い難い。(32d)は筆者には自然に思われるがどうだろうか。これらの例を見てくると、除去動詞の場合、対象格の目的語をとる方が好まれるといえる。ちなみに(28)－(30)のb文に本来対象格目的語として現れるべき語を付けると完全に自然な文になる[9]。

(28e) 手の汚れを洗う

(29e) コップの汚れをすすぐ

(30e) 部屋のほこりをそうじする

日本語の場合、除去格目的語のみの場合は不自然または不安定だが、これに対象格目的語を句の形で付すと自然になるということは、やはり対象格をとる方が理にかなっているものと考えられる。

一方、英語の方はどうだろうか。次の例を見てみよう。

(33a) Will you *clear* the table when you've finished eating?(*COBUILD Learner's Dictionary*)(食べ終わったらテーブルの上をきれいにしておいてください)

(33b) Doug *cleared* dishes from the table. (Levin 1993)(ダグはテーブルの皿を片付けた)

(34a) Ever drop a glass in the sink when you're *washing* dishes and have it bounce nine times and not even chip? (R. Fulghum, *All I Really Need to Know I Learned in Kindergarten*)(食器を洗っているとき、流しにコップを落として、そのコップが9回もは

ずんでそれでも割れないなんてことがあるだろうか)

(34b) Floods in Bangladesh have *washed* hundreds of homes away. (*LDOCE*)(バングラデシュの洪水は何百もの家々を押し流した)

(35a) Drain off the oil and *rinse* the pan. (*Wordbanks*)
(調理油を捨ててなべをゆすいで下さい)

(35b) So unless it is specifically stated on the bottle, *rinse* out all conditioner, otherwise your hair will be lank and the scalp prone to greasiness. (*Wordbanks*)(そして、(ヘアコンディショナーの)ボトルに特に何も明記されていなければ、付けたコンディショナーは全て洗い流してください。頭皮にコンディショナーが残っていると髪が痩せて頭皮が脂性ぎみになってしまいます)

(36a) 'You got robbed.' He started *cleaning* his goddam fingernails with the end of a match. He was always *cleaning* his fingernails. It was funny, in a way. His teeth were always mossy-looking, and his ears were always dirty as hell, but he was always *cleaning* his fingernails. I guess he thought that made him a very neat guy. He took another look at my hat while he was *cleaning* them. (J. D. Salinger, *The Catcher in the Rye*)
([高価な帽子を買った主人公に対して]「おまえはぼられたんだよ。」彼はマッチの先で爪の垢をとりはじめた。彼はいつも爪の垢をとっていた。ある意味では奇妙だった。歯は苔が生えたように不潔で、耳の穴は年中汚いのにもかかわらず、爪のあいだだけはきれいにしていた。爪のあいだがきれいであれば周りの人が彼を清潔な奴だと認めてくれるとでも思っているのだろう。彼は爪の垢をとりながら、僕の帽子を再びちらっと見た)

(36b) I *cleaned* the mud off the kitchen floor.（*Oxford Collocations*）（キッチンの床の泥をきれいにした）

(37a) Brian *wiped* the counter (*of fingerprints).（Levin 1993）（ブライアンはカウンターを拭いた）

(37b) Brian *wiped* the fingerprints from the counter.（Levin *ibid*）（ブライアンはカウンターの指紋を拭き取った）

(38a) If you *sweep* an area of floor or ground, you push dirt or rubbish off it using a brush with a long handle.（*COBUILD English Dictionary for Advanced Learners*）（床や地面のある区域を sweep するということは、長い柄のついたブラシで汚れやごみをその場所から取り除くことである）

(38b) Will you *sweep* the leaves off the patio?（*LDOCE*）（中庭の落ち葉を掃いておいてくれますか）

英語の例を見ると、a 文はそれぞれ（33a）the table、(34a) dishes、(35a) the pan、(36a) his goddam fingernails、(37a) the counter、(38a) an area のように対象格目的語をとっている。この場合副詞（句）で除去格目的語を明示する必要はない。ところが、除去格目的語をとる b 文を見ると、副詞（句）で対象格目的語を明示するか、あるいは除去格目的語の移動先を副詞（句）で明示するのが必須となっている。分かり易いように、b 文の当該個所を抜き出してみよう。一重下線が除去格目的語、ゴチックが対象格目的語あるいは対象格目的語の移動先を示す副詞（句）である。

(33c) *cleared* dishes **from the table**.

(34c) *washed* hundreds of homes **away**.

(35c) *rinse* **out** all conditioner.

(36c) *cleaned* the mud **off the kitchen floor**.

(37c) *wiped* the fingerprints **from the counter**.

(38c) *sweep* <u>the leaves</u> **off the patio**.

先の日本語及び(33)‐(38)の英語の除去動詞の用法を見てみると、日英語双方において、除去動詞は対象格と除去格の両方の目的語をとる。しかしながら、日英語に共通して除去格目的語のみをとることは難しい。日本語の場合、(28)‐(30)の e 文のように対象格目的語も明示すれば自然な文になる。英語の場合、対象格目的語も副詞句で明示するか、あるいは除去格目的語の移動先を明示する傾向が強い。これは言語の違いを超えた、人間の外界認知の仕方が大きく関わっていると考えられる。すなわち、我々人間にとって除去行為の最終目的でかつ最重要目的は、汚れなどを取り除くことではなく、除去行為を行った後の対象物がきれいになることである。ゆえに、最も重要な対象格のみをとるのは良いが、対象格が明示されない除去格目的語のみをとる文は自然でなくなってしまう場合が多いものと考えられる。

おわりに

日本の英語教育において連語に触れることは多くないように思われる。しかし、連語の知識がないと、始めにあげた「辞書をひく」イコール 'draw a dictionary' のような間違いが起こってしまう。もう少し連語の知識は重要視されても良いのではなかろうか。

筆者は現在英文法の授業を担当している。学生諸君から英文法は苦手だという声がよく聞かれる。しかし、「英文法」という枠組みから一旦離れて日本語と対照してみると、3節で示したように両言語とも同じような操作をしていることがわかる。もう1つ例を挙げる。"If I knew her name, I would tell you." (Swan, 2005, p. 258) という仮定法過去の文は「彼女の名前を知っていたら、教えてあげるのに」のような意味である。ここで前節の動詞部分は日英語双方とも過去形と同じ形（knew ／ 知っていた）を使っていることに気づくだろう[10]。筆者は英文法の授業では、英語の仮定

法の説明に入る前に、上のような日本語と英語の類似点を提示することにしている。そして池上（1991, p. 229）に接するに及んでこの考え方が見当はずれではなかったことに勇気を得た。以下に引用しておく。

> 'If I was you, …' を「仮定法過去」と名付けて難しいものとして扱うより、「モシ私ガアナタダッタラ…」というように、日本語でもごく自然に同じことをやっているということに注意を喚起する方が教師として遥かに大切、かつ適切なことである。英語は英語、日本語は日本語と、まるで厚い壁に仕切られているかのように二つの言語の使用にまつわる言語能力が全く関係ない働き方をしているとしたら、いかにも無駄だし、不自然なことと言わなくてはならない。

我々英語教師はとかく日英語の違いに目が行きがちだが、両言語の類似点を見つけ効果的に授業に取り入れていくことも大切だろう。

注

本稿の一部は、第14回神奈川大学英語英文学会講演会（2010年12月18日、於：神奈川大学）で話した内容である。当日は多くの貴重なご意見を頂いた。ここに感謝の意を表したい。

1）英語のcollocationと日本語の「連語」が全く同じ言語現象を指すか否かについては議論の余地があるがここでは深く立ち入らずに、便宜上collocation=連語と考えておくことにする。なお、本稿では日本語表現の場合も英語表現の場合も用語としては「連語」を用いることとする。
2）辞典類の詳細については末尾の使用辞典一覧を参照されたい。
3）この用例は『明鏡国語辞典』初版のものである。第二版では「全員遭難の可能性が大きい」と例が変わっているが、日本語話者の直観として「可能性が強い」が言えることは明白であろう。

4）筆者の感覚では、「可能性が強い」と比べると「可能性が弱い」は若干自然さが落ちるが、Google で検索すると相当数（約 2100 万件）ヒットする。
5）これら 4 語の連語関係については国広（1978）参照。
6）Collins Wordbanks Online は Harper Collins 社が構築している、British National Corpus に次ぐ世界第二の大規模コーパスである。
7）定義 1 の記号 M は Modifier（副詞的修飾語［句］）を表す。
8）ここで扱う「除去動詞」を Levin（1993, p. 122）は 'Verbs of Removing' と呼んでいる。Levin は場所を目的語とする "Doug *cleared* the table of dishes." は言えるが、wipe を使った "*Brian *wiped* the counter of fingerprints." は言えないため、clear と wipe は異なる類の動詞に分類している。けれども clear も wipe も除去の意味を表すことについては共通しており、本稿では特に区別しない。
9）荻野（2000）では⑱ - ㉚の e 文には自然さの度合いに関して？印を 1 つ付しておいたが、主に国広（2006, pp. 31-33）に触れたことで本稿では？印を削除した。また『明鏡国語辞典』第二版の「洗う」の項には次のような説明がある。「～ヲに〈汚れた物〉をとる言い方と〈汚れそのもの〉をとる言い方とがある（シャツを洗う／シャツの汚れを洗う）」
10）ここでの「知っていた」も knew も純粋な過去形（過去に何らかの行為を行ったという意味で）ではないが、学校教育ではこの点を深く掘り下げる必要はなく、日英語双方において同じ形を用いているという点に気づくことが大事である。

参考文献

Bolinger, D., & Sears, D. A. (1981). *Aspect of Language*. (3rd ed.). New York: Harcourt Brace Jovanovich.

Fillmore, C. J. (1992). "Corpus linguistics" or "Computer-aided armchair linguistics". In J. Svartvik (Ed.), *Directions in Corpus Linguistics* (pp. 35-60). New York: Mouton de Gruyter.

池上嘉彦（1991）.『〈英文法〉を考える─〈文法〉と〈コミュニケーションの間〉』筑摩書房.

国広哲弥（1978）.「日英両語比較研究の現状」『現代の英語教育 8　日英語の比較』研究社、1-38.

国広哲弥（1981）.「語彙の構造の比較」国広哲弥（編）『日英語比較講座　第 3 巻　意味と語彙』大修館書店、17-52.

国広哲弥（1997）.『理想の国語辞典』第 4 版, 大修館書店.

国広哲弥（2006）.『日本語の多義動詞─理想の国語辞典 2』大修館書店.

Levin, B.（1993）. *English Verb Classes and Alternations: A Preliminary Investigation*. Chicago: University of Chicago Press.

籾山洋介（2006）.「認知言語学と言語教育」『言語』35（4）、大修館書店、44－49.

荻野隆聡（1998）.「英語形容詞の動詞化─認知意味論的分析─（'*clear*' の場合）」『神奈川大学大学院言語と文化論集』5、23-39.

荻野隆聡（2000）.「除去動詞の振る舞い」『日本エドワード・サピア協会研究年報』14、53-60.

Swan, M.（2005）. *Practical English Usage*.（3rd ed.）. Oxford: Oxford University Press.

使用辞典一覧

COBUILD English Dictionary for Advanced Learners.（3rd ed.）. Scotland: Harper Collins, 2001.

COBUILD English Learner's Dictionary. London: William Collins Sons, 1989.

『大辞林』第三版，三省堂，2006 年。

『現代英文法辞典』，三省堂，1992 年。

『ジーニアス英和辞典』第四版，大修館書店，2006 年。

『岩波国語辞典』第七版，岩波書店，2009 年。

Longman Dictionary of Contemporary English.（5th ed.）. Harlow: Pearson

Education, 2009.

Longman Language Activator. Harlow: Longman, 1993.

Macmillan Collocations Dictionary for Learners of English. Oxford: Macmillan, 2010.

『明鏡国語辞典』,大修館書店,2002 年。

『明鏡国語辞典』第二版,大修館書店,2010 年。

Oxford Collocations Dictionary for Students of English.(2nd ed.). Oxford: Oxford University Press, 2009.

Oxford Learner's Thesaurus. Oxford: Oxford University Press, 2008.

『三省堂国語辞典』第六版,三省堂,2008 年。

Ⅲ. 英米文学研究

1. 翻訳実践トレーニングの効用
― 英語学習における翻訳演習の役割 ―

海老塚レイ子

はじめに

　一般に、外国語を習得するには、「読む」、「書く」、「聞く」、「話す」という4つの基本的な訓練が必要である。しかし、これまでの日本の英語教育は、ひたすら「読む」・「書く」訓練に終始し、「聞く」・「話す」訓練を疎かにする傾向にあった。その結果、中学校から高等学校まで6年間もの英語教育を受けながら簡単な日常会話さえままならい、という学習者を大量に輩出することとなった。こうした状況の反動か、近年は「実用的な英語を習得する」ためと称して、会話練習を中心とした「聞く」・「話す」訓練を重視し、「読む」・「書く」訓練を軽んじる風潮が見られるようになった。日常会話さえできれば良しとするようなこの風潮は、文法と読解のみに力を入れてきたこれまでのやり方と同様、偏った教育方法であると言えよう。「聞く」・「話す」訓練に特化した教育は、ある程度の会話力を養うことはできても、深い議論が可能となる高度なコミュニケーション能力を培うことは難しい。単なる日常会話を超えた高度なコミュニケーション能力を得るには、語彙を増やし、文意を正しく理解する力を身につける訓練が不可欠であり、そのためには「聞く」・「話す」訓練のみならず、「読む」・「書く」訓練をも併せて行うことが重要なのである。本論文では、「読む」・「書く」訓練の重要性を再認識したうえで、その効果的な方法のひとつとして、翻訳の実践トレーニングを提案する。

Ⅲ. 英米文学研究

　翻訳は本来、「ある言語で表現された文章の内容を他の言語になおすこと」[1]であり、多様な言語が関わり得るが、本論文において英語学習の方法として提案する翻訳は、主に英語から日本語への翻訳、すなわち学習者にとって外国語である英語を母国語である日本語へと変換する作業に特定する。さらに、ここで言う翻訳は、原文を逐語訳するだけの所謂「英文和訳」ではなく、原著者の意図を明確に理解したうえで、原文の内容を文脈に相応しい日本語へと置き換える作業を意味しており、英語の読解力と共に日本語の表現力をも必要とする作業となる。英語の読解力はさておき、日本語の表現力は英語学習とは一見、無関係にも思われようが、基礎となる母国語の表現力が貧しくては、外国語である英語の表現力が豊かになろうはずがない。したがって、英語の読解力と共に日本語の表現力をも養うことは、英語学習において、極めて重要なことなのである。

　以上のことを踏まえたうえで、本論文では、英語学習における翻訳実践トレーニングの効用を検証していきたい。そのために、翻訳実践トレーニングの実例として、2011年度後期に行われた神奈川大学外国語学部英語英文学科3・4年次生対象の演習科目「翻訳演習Ⅱ」を取り上げ、半年間の演習において履修者たちの英語力や日本語力がどのように変化したかを観察する。2011年度後期に行われた「翻訳演習Ⅱ」では、前期の「翻訳演習Ⅰ」を履修した者と、後期に初めて履修する者とが混在しており、前者はある程度翻訳の経験があるが、後者は全く無経験の場合もあり得ることになる。しかし、ここでは、履修者間の実力の差は特に問題にせず、あくまでも履修者個人の変化を見ていく。

1. 授業の概要

　基本的に、「翻訳演習Ⅱ」の授業は、課題として出題される一定量の英文を各履修者が訳出して持ち寄り、4名から5名のグループに別れて全員で内容を検討し、各グループが最善の訳文を作成して発表するという形式を取る。各自の訳文は毎回提出させ、すべてを添削し、注意点やコメント

を記したうえで返却する。また、履修者たちの課題に取り組む意欲を高めるために、毎回、各グループの訳文や個人の訳文のなかから優秀作品を選び、発表する。課題の内容と出題順序は以下の通りである。

　課題① 　米国の4コマ漫画 [2]
　課題② 　Mother Goose の詩 [3]
　課題③ 　英国現代作家の短編小説 [4]
　課題④ 　同上 [5]
　課題⑤ 　シェイクスピア作品の再話 [6]
　課題⑥ 　米国映画の字幕 [7]
　課題⑦ 　英国作家の児童文学 [8]
　課題⑧ 　米国作家の絵本 [9]
　課題⑨ 　百科事典の記事 [10]
　課題⑩ 　米国作家の文学作品 [11]
　課題⑪ 　（小テスト）　課題③と課題④で取り上げた英国現代作家の短編小説 [12]

　履修者が翻訳の初心者であることを考慮して、課題文は80ワード前後とし、1週間以内に原文を熟読して訳文を練り上げられる程度に収めている。また、楽しく翻訳の基礎を学ぶことができるように、教材は多種多様なジャンルから選び、英語自体もイギリス英語とアメリカ英語の両方を取りあげた。漫画や児童文学の翻訳は、誰にでも分かりやすい言葉で訳文を仕上げる必要があり、プロの翻訳家にとっては最も難しいとされる分野である。しかし、英文自体の解釈は比較的簡単なため、初心者にとっては入りやすく、楽しみながら訳文を考えられる利点があり、初期の課題として例年採用している。小テストを兼ねた課題⑪は、授業時間内にその場で訳文を仕上げなければならない。

　以上のような内容で、半年間、週に1回、90分の「翻訳演習Ⅱ」を約

III. 英米文学研究

30名の学生が受講したが、30名の履修者のうち、授業に全出席し、課題を毎回遅滞なく提出した者は6名のみである。本論文では、この6名に焦点を当て、初期に出題した課題③と、最後に小テストとして行った課題⑪の訳文とを比較し、約半年間の翻訳実践トレーニングによって各履修者がどのような変化を遂げたかを見ていくことにする。訳文の客観的な評価は極めて難しいが、変化を明確に示すために、便宜上、評価を数値化した。まず、英語の読解として、原文の読み取りに誤りがない場合には50点を与え、誤訳や訳抜けがあれば、適宜、点数を減じ、さらに、日本語の表現として、原文の内容に相応しい訳文である場合に50点を与え、誤用や不自然な表現があれば、減点する。そして、この両得点の合計を訳文の総合評価とする。満点は100点である。

2. 課題③

課題③と課題④、そして課題⑪はいずれも英国の現代作家ロザムンド・ピルチャー Rosamunde Pilcher（1924-）による短編集 *The Blue Bedroom and Other Stories* に収録の1編 "Tea With the Professor" から出題している。課題③はこの作品の冒頭部分になる。物語では、夫を亡くした女性が、10歳の息子と14歳の娘を通して、それまで敬遠していた隣人の大学教授の優しさを知るのだが、作者のピルチャーは、何気ない日常生活のなかで生まれる触れ合いをテーマに、風景や登場人物の心情を美しい英文で描いている。以下に課題③の原文と参考訳を挙げておく。

> They had arrived at the station far too early, but this was the way that James liked it, because he had a horror of missing the train. They had parked the car, bought his ticket, and now walked slowly up the ramp together, Veronica carrying his bag and James with his rugger ball tucked under one arm and his raincoat trailing over the other.

1. 翻訳実践トレーニングの効用

…
"Nigel's late," he said with satisfaction.
"There's five minutes yet."

ヴェロニカと息子のジェイムズはずいぶん早く駅に着いてしまったが、列車に乗り遅れるのが心配なジェイムズにとっては、むしろそのほうが良かった。車を停めてから、ヴェロニカは息子のために切符を買い、ふたりでゆっくりと傾斜路を上がった。ヴェロニカは息子のカバンを持ってやり、ジェイムズは右脇にラグビーボールを抱え、左腕にレインコートを掛けている。
──中略──
「ナイジェル、遅いね」ジェイムズはうれしそうに言った。
「まだ五分あるわよ」[13]

　省略箇所は課題の対象ではないが、原文をすべて配布し、履修者たちが必要な情報を得られるようにしてある。省略箇所には、ヴェロニカと息子のジェイムズが9月の明るい日差しのなかで静かに列車を待つ様子が描かれている。課題の先を読んで行くと、10歳のジェイムズが寄宿学校に戻るところであり、同級生のナイジェルとは寄宿学校と家の往復を共にするものの、仲が良いわけではないことがわかる。
　こうした状況を念頭に置き、各履修者の訳文を見ていくことにする。明らかな誤訳と思われる箇所には下線を施してあるが、それ以外は改行や句読点を含め、すべて原文のままである。

履修者Aの訳文
彼らはとても早く駅に到着してしまった。しかしこれがジェイムズの望んだことだった。なぜならジェイムズは電車に乗り遅れるのが嫌だったからだ。彼らは車を停め、ジェイムズの切符を持って行き、ゆっくりと

Ⅲ．英米文学研究

スロープを歩いて行った。ヴェロニカはジェームズのカバンを持ち、ジェームズはラグビーボールを脇の下にはさみ、反対の手にはレインコートを引きづっていた。
「ニゲルのやつ遅いな。」と、ジェームズは満足気に言った。
「まだ 5 分しかたってないでしょ。」

　履修者 A は前期の授業を履修しておらず、これまでに本格的な英日翻訳を経験したことはほとんどない。課題①と課題②を通して、ある程度の基礎は学んでいるが、訳文は全体に、原文の英語に引きずられた印象があり、不自然な箇所が多い。例えば、「彼ら」という代名詞を 2 回用いているが、どちらも前後の文章に馴染まず、日本語としてはぎこちない。特に、2 行目の「彼らは車を停め」は、「ジェームズ」が 10 歳の子供であり、運転は当然母親の「ヴェロニカ」が行っているであろうことを考えれば、「彼ら」を主語に据えるのにはいささか無理がある。読み取りに関しては、誤訳が 3 箇所あるものの、全体の内容をほぼ把握できている。評価点は英語の読解が 25 点、日本語の表現が 25 点で、総合評価は 50 点となる。

履修者 B の訳文
彼らはあまりに早く駅に到着したが、ジェームズが好きな方法でした。彼は列車に乗り遅れる恐怖があったので。彼らは車を駐車してチケットを購入し、今斜面をゆっくり一緒に歩きました。ヴェロニカが彼のバックとジェームズのラグビーボールを片方の腕ではさみ込み、もう片方の腕に彼のレインコートをひきずりながら運んだ。
「ナイジェルは遅い」彼は満足して言った。
「でもまだ 5 分あるよ」

　履修者 B は「翻訳演習Ⅰ」を履修済みだが、英語の読解と日本語の表現のどちらにも、相当の不備が見られる。日本語に関しては、文末が前半

は「です・ます」調でありながら、後半は唐突に「である」調に変わっており、文体が統一されていない。文体は、テクニックとして意図的に混合させる場合を除き、1作品のなかでは統一することが基本である。さらに、中盤は誤訳のためにほとんど意味をなさず、最後の1文も、文章としては正しく解釈できているものの、台詞の話者を「彼」と誤解したようである。また、2行目の「彼ら」に関しては、履修者Aの評で述べた通り、駐車もチケットの購入も「ヴェロニカ」が行っているのであるから、主語に工夫が欲しい。評価点は英語の読解が15点、日本語の表現が10点で、総合評価は25点である。

履修者Cの訳文
ジェームス一家は駅にとても早く到着した。しかしジェームスは早く駅に到着したことに満足だったのだ。なぜならジェームスは電車に乗り遅れることを恐れていたから。一家は車を駐め、ジェームスの分の乗車券を買い、そしてゆっくりと傾斜路を上っていった。母のベロニカは息子の鞄を運び息子と一緒にラグビーボールを腕の中へしまい込んだ。そしてジェームスのレインコートと他の物を引きずっていったのである。
「ナイジェルったら遅刻してやんの。」ジェームスは嬉しそうに言った。
「まだ5分時間があるわ。」

履修者Cも「翻訳演習Ⅰ」を履修済みである。代名詞に関してはかなりの工夫が見られるが、誤解が多く、せっかくの工夫も効果を上げていない。また、代名詞を避けようとするあまり、固有名詞を繰り返し使っているために、多少うるささを感じさせる。台詞はほぼ自然な言葉遣いとなっている。ただし、下から2行目の「遅刻してやんの」という口調は、内向的で比較的大人しい性格と思われる「ジェームス」の台詞にしては、多少強すぎるかもしれない。評価点は英語の読解が15点、日本語の表現が25点で、総合評価は40点となる。

Ⅲ．英米文学研究

履修者Dの訳文
ジェームズとヴェロニカは早々に駅に着いてしまった。しかしジェームズは電車を逃すのが大嫌いだったので、これでよかったと思うのだ。2人は車を止めてチケットを買った。ヴェロニカはかばんを運び、ジェームズはラグビーボールをわきにはさみ、もう一方の手ではレインコートを引きずっていた。
"ナイジェルは遅刻だな"とジェームズは満足そうに言った。
"まだ5分しか経ってないぞ"

　履修者Dも「翻訳演習Ⅰ」を履修済みである。明らかな誤訳が2箇所と訳抜けが1箇所（and now walked slowly up the ramp together）あり、最終行の台詞は誤訳であると同時に、台詞の話者をも誤解している。代名詞はうまく処理できており、全体に、読みやすい日本語にはなっている。2行目の「2人は車を止めてチケットを買った」の部分は、履修者Aや履修者Bの場合と同様に、修正が必要である。評価点は英語の読解が30点、日本語の表現が20点で、総合評価は50点となる。

履修者Eの訳文
ジェームズとヴェロニカは駅に時間よりかなり早く着いた。だがジェームズにとってその方が都合が良かった、なぜなら電車に乗りおくれる心配がないからだ。二人は車を停めて、切符を買って、一緒にスロープをゆっくり歩いていた。ヴェロニカはジェムズの鞄を運び、ジェームズはラグビーボールを片方の脇にはさみ込み、すっぽり被ったレインコーを引きずっていた。
「まだ5分あるけど、ニゲルは遅刻だな。」とジェームズは満足げに言った。

　履修者Eも「翻訳演習Ⅰ」を履修済みで、代名詞の処理はある程度成

功している。しかし、読み取りに関しては、大きな誤解が2箇所あるため、話の内容が原文からかけ離れてしまった。また、3行目の「二人は車を停めて、切符を買って」の部分はすでに述べた通り、修正が必要である。評価点は英語の読解が20点、日本語の表現30点で、総合評価は50点となる。

履修者Fの訳文
ジェームズの、電車に乗り遅れたくないという思いから、彼とその母、ヴェロニカは必要以上に早く駅に着いた。駐車を終え、ジェームズ一人分のチケットを買った後、息子のカバンを代わりに持つヴェロニカと、腕にラグビーボールをはさみ込み、そこら中にレインコートを引きずるジェームズはホームへ続くスロープをゆっくりと上っていった。
「ナイジェルは遅刻だな。」ジェームズは確信したようにそう言った。
「まだ、あと5分あるわよ。」

履修者Fも「翻訳演習Ⅰ」を履修済みである。誤訳は2箇所あるが、話の内容はほぼ把握できており、代名詞もうまく処理している。2行目以降、他の5名の履修者が失敗した箇所も、「駐車を終え」て「チケットを買った」人物を「ヴェロニカ」と特定した点は評価できる。ただ、「ヴェロニカ」と「ジェームズ」の修飾語が長過ぎるため、しょうしょう読み難い文章になってしまった。評価点は英語の読解が30点、日本語の表現が30点で、総合評価は60点である。

以上、6名全員の初期の訳文を見てきたが、各履修者の実力にはかなりばらつきがある。しかし、いずれも完成度はあまり高くなく、総合評価は最高でも60点である。履修者たちの訳文から見えてくることは、英語の読解力と日本語の表現力は比例しており、原文を正確に読み取れなければ、訳文のレベルも低くなる傾向にある、ということである。

3. 課題⑪

　課題①から始まり、課題③を終えた履修者たちは、さらに課題④から課題⑩まで、さまざまな分野の英語に触れる。そして、辞書等を駆使しながら原文を深く読み取ることや、原文の内容を正確に理解したうえで、いかに訳文を日本語として分かりやすい文章にしていくかを学ぶ。翻訳作業を行う際に大事なことは、手間を惜しまず、何度も辞書を引きながら原文を熟読し、内容を理解したうえで、いったんは辞書の訳語を忘れ、文脈に相応しい自然な日本語で原文の内容を表現することである。興味深いことに、日本語として不自然な訳文は、必ずと言っていいほど、原文を誤読している。逆に、原文を正しく理解していれば、訳文は自ずと滑らかなものになるのである。こうしたことを学んだうえで、履修者たちは小テストに臨み、90分の授業時間内にその場で最終課題の訳文を完成させる。課題⑪の原文と参考訳は以下の通りである。

　I love you, she thought and hoped that he heard. "Have a good journey!" He nodded. "Send me a postcard as soon as you arrive." He nodded again. The train gathered speed. Nigel leaned out, waving, taking up all the space in the window. But James had already disappeared. He did not believe in prolonging misery. He had gone to his seat, Veronica knew, would already be settled, unfolding his comic, making the best he could of an intolerable situation.

　「あなたのことを心から大事に思っているわ」ヴェロニカは胸の中でつぶやき、自分の思いが息子に届くようにと願った。「気をつけて行くのよ！」声に出して言うと、ジェイムズがうなずいた。「着いたらすぐにハガキを出してね」という言葉にも、またうなずく。列車は速度を増した。ナイジェルが窓際を占領し、身を乗り出して、手を振っ

ている。しかし、ジェイムズの姿はすでに見えなくなっていた。惨めな気持ちをいつまでも引きずるような子ではないのだ。ヴェロニカには、息子の様子が目に見えるようだった。あの子は今ごろ席に落ち着き、漫画本を開いて、なんとかこの辛い状況を切り抜けようと頑張っていることだろう。

ここでいよいよ別れの時となり、子供たちは列車に乗り込む。状況が把握できるように、原文は課題箇所の前後も配布している。この課題のポイントは、原文の代名詞や台詞を日本語のなかでいかにうまく処理するか、そして、英文の後半、"He did not believe in prolonging misery" 以下をいかに正確に読み取るかである。

履修者A
愛しているわ、と息子に伝わることをヴェロニカは考え、望んだ。「楽しい旅行を、いってらっしゃい！」息子は頷いた。「学校に着いたらできるだけ早くはがきをよこしてね。」するとまた息子は頷いた。列車はスピードを上げた。ナイジェルは窓をいっぱいに開け手を振りながら身を乗り出した。しかしジェームズはすでにいなくなっていた。苦痛な時間を延ばすだなんて信じられなかったからだ。ジェームズは席に戻り、コミックを広げ、耐えがたい状況を何とかうまく切り抜け、すでにくつろいでいるだろうとヴェロニカは考えた。

明らかな誤訳が2箇所あり、4行目の「苦痛な時間を延ばすだなんて信じられなかったからだ」は多少意味がずれている。また、最終行の「うまく切り抜け、すでにくつろいでいる」も、なんとか耐えているジェームズの心情表現としては余裕のありすぎる言葉になってしまった。しかし、90分という限られた時間内に仕上げた点を考慮するなら、原文をかなりよく読み取り、代名詞や台詞もうまく処理している。評価点は英語の読解が

Ⅲ．英米文学研究

30点、日本語の表現が30点で、総合評価は60点である。

履修者B
愛してるよ、と彼は彼女が信じて、望んでいたことが聞こえた。
「元気でね！」彼はうなずいた。「着いたらすぐにはがきを送ってね。」彼はもう1度うなずいた。
列車は速度をあげた。ナイジェルは身を乗り出し、手をふり、窓を占領した。
しかし、ジェームズはすでに視界から消えてしまった。
彼は長い苦痛を信じなかった。席に座り、ナイジェルは気にかけ、解決したところで、漫画を広げ、とても耐えがたい状況をつくってしまった。

出だしと後半に大きな誤解があり、ほとんど原文を読み取れていないことがわかる。台詞はかなり自然だが、代名詞の処理に工夫の跡が見られず、"he" はただ自動的に「彼」と訳している感が否めない。最後だけは固有名詞を使ったものの、英文が読み取れていないため、「ジェームズ」とすべき主語を「ナイジェル」としてしまった。評価点は英語の読解が10点、日本語の表現が15点で、総合評価は25点である。

履修者C
ベロニカは愛しているわと心の中で思い、その言葉が息子に届くことを望んだ。
「良い旅をね！」とベロニカが言うとジェームスはうなずき、「到着したらすぐにはがきを送るのよ。」と言ったらジェームスはもう一度うなずいた。そして電車は加速した。
ナイジェルは窓に寄りかかり、手を振って車両の窓を全て開けた。しかしジェームスは長い苦難の見当もつかず、すでに元気を失っていた。
ジェームスが座席に着いた頃、ベロニカは今頃落ち着いてマンガを読ん

でいるだろうと悟り、息子なら耐えられない状況も乗り越えていけると信じていた。

後半は大きな誤解があるため、ほとんど意味の通じない文になっているが、前半はほぼ正確に読み取れており、わかりやすい訳文になっている。全体に、代名詞の処理はうまく行き、日本語の表現もかなり自然で読みやすい。評価点は英語の読解が20点、日本語の表現が30点で、総合評価は50点である。

履修者Dの訳文
ヴェロニカは「愛してるわ」と思い、この言葉をナイジェルが聞いていないかしら、と期待した。「楽しんで来てね！」ナイジェルはうなずいた。「着いたらポストカードを送ってね」ナイジェルはもう1度うなずいた。汽車がスピードを上げた。ナイジェルは、窓からめいっぱい身を乗り出して、手を振った。しかし、ジェームズはもういなかった。ジェームズは不幸が続くとは思っていなかった。ヴェロニカはジェームズがすでに座席のところに行っていたことを知っていて、ジェームズは漫画を開き、最も我慢できない状況を作った。

代名詞を避け、固有名詞を使う努力をしている点は評価できるが、前半で「ジェームズ」とすべきところを「ナイジェル」としてしまい、せっかくの努力が無に帰している。また、主語をすべて固有名詞にせず、「息子」と言い換えたり、省略してみるなどの工夫があっても良かったかもしれない。後半では文章レベルの誤解もあり、全体の話の流れが読み取れずに、ほとんど意味をなさない訳文になっている。英語の読解は15点、日本語の表現は20点、訳文の総合評価は35点である。

履修者Eの訳文

Ⅲ．英米文学研究

「愛してるわよ。」とヴェロニカはナイジェルに聞こえるようにと想い、願った。「良い旅を！」ナイジェルはうなずいた。「向こうに着いたらすぐ手紙を送ってね。」ナイジェルはまたうなずいた。汽車が動き出した。ナイジェルは窓の空いている空間全部使い、身を乗り出して手を振った。しかし、もうジェームズの姿はなかった。彼は苦痛を長引かせたくないと思っているからだ。ジェームズはもう自分の席に戻って、この耐えがたい状況を漫画を読んでくつろぐことで精一杯まぎらわそうとしていることをヴェロニカは知っていた。

履修者Eも1行目から2行目の「ジェームズ」を「ナイジェル」と誤解しているが、全体の流れはほぼ理解できている。ただし、その内容を自然な日本語で表現するまでには至っていない。これは、時間制限の問題もあるであろう。英語の読解は30点、日本語の表現は25点、訳文の総合評価は55点である。

履修者Fの訳文
　愛しているわ。ヴェロニカは心の中でそう呟き、またその想いが息子に届いていることを願った。「行ってらっしゃい！　気を付けてね！」ジェームズはこくんと頷いた。「向こうへ着いたら、すぐにはがきを送ってね。」ジェームズは再び頷いた。やがて列車は速度を増していき、ナイジェルは、手を振りながら、窓のスペースいっぱいに身を乗り出していた。しかし、ジェームズはというと、既に引っ込んでしまっていた。彼はいつまでも別れを惜しもうとは思わなかったのだ。
　ヴェロニカは、ジェームズが席に着き、既に落ち着いて、我慢できずに漫画雑誌を広げているであろうことをわかっていた。

　誤訳が3箇所と訳抜けが1箇所（making the best he could of an intolerable situation）あるが、4行目から6行目にかけては、多少意味がずれている

程度であり、全体の流れはかなり正確に読み取ることができている。代名詞や台詞の処理もよく工夫されており、日本語として自然な訳文となっている。英語の読解は 30 点、日本語の表現は 35 点、訳文の総合評価は 65 点である。

最終課題は限られた時間内に訳文を仕上げなければならず、履修者によっては原文を熟読する余裕がなく、訳文を練り上げる時間も足りなかったと思われる。履修者 A の場合、2、3 箇所の誤訳はあったものの、全体としては非常にわかりやすい日本語となっている。履修者 B は出だしと後半に大きな誤解があり、まったく意味の通じない文になってしまった。履修者 C も後半がほとんど誤訳だが、前半は読みやすい。履修者 D は誤訳が多く、訳文もかなり不自然である。履修者 E の場合は、ある程度内容を把握しているが、前半で主語を誤解したために、辻褄が合わなくなり、訳文の完成度は低くなってしまった。履修者 F は大きな訳抜けがあるものの、話の流れをほぼ掴んでおり、滑らかな訳文に仕上がっている。

まとめ

以上で、サンプルとなる履修者 6 名の、初期と最終課題の訳文をすべて見てきたが、ここで、各履修者の訳文がどのように変化したかを検証したい。下記の表は履修者の評価点をまとめたものである。

この表から見て取れるように、英語の読解に関する評価は、3 名の点数が上がり、1 名は変わらず、2 名が下がっている。日本語の表現では、4 名が上がっており、1 名は変わらず、1 名が下がった。最終的な総合評価としては、4 名が上昇し、1 名は変化なく、1 名が下降となっている。言い換えれば、履修者の 5 割以上が英語の読解力と日本語の表現力を向上させたことになる。サンプル数が少ないうえに、評価の数値化も独断的との誹りを受けかねず、この結果のみをもって、翻訳実践トレーニングが英語の読解力と日本語の表現力を確実に高める、と断定することはできない。しかし、今回の実例を見る限りでは、ある程度の効果が現われていること

Ⅲ. 英米文学研究

	英語の読解	日本語の表現	訳文の完成度
履修者 A			
課題③	25 点	25 点	50 点
課題⑪	30 点	30 点	60 点
履修者 B			
課題③	15 点	10 点	25 点
課題⑪	10 点	15 点	25 点
履修者 C			
課題③	15 点	25 点	40 点
課題⑪	20 点	30 点	50 点
履修者 D			
課題③	30 点	20 点	50 点
課題⑪	15 点	20 点	35 点
履修者 E			
課題③	20 点	30 点	50 点
課題⑪	30 点	25 点	55 点
履修者 F			
課題③	30 点	30 点	60 点
課題⑪	30 点	35 点	65 点

は事実であり、翻訳実践トレーニングの有用性は認められてしかるべきであろう。

「読む」訓練としては、一般的な形の「講読演習」も有効な方法ではあるが、原文をより深く読むという点においては「翻訳演習」に一歩を譲る。「翻訳演習」では、自然な日本語の訳文を作り上げるために、一言一句を疎かにせず、原文を熟読し、内容を正確に深く読み取らなければならない。こうした作業の過程において、英語の読解力が培われると同時に、日本語の表現力も養われていくことになるのだが、これこそが、英語学習における翻訳実践トレーニングの効用なのである。

1. 翻訳実践トレーニングの効用

注

1）『広辞苑 第三版』（岩波書店、1988年）による「翻訳」の定義。
2）Charles M. Shultz, *A Peanuts Book featuring Snoopy* (Tokyo: Kadokawa Shoten, 1990), p. 62.
3）来住正三『The World of Mother Goose: マザー・グースの世界』、南雲堂、2003年。採録された41篇のうち、第20篇の "Little Boy Blue" を取りあげている。
4）Rosamunde Pilcher, "Tea With the Professor," *The Blue Bedroom and Other Stories* (New York: St. Martin's, 1990), p. 93. lines 1-7, 18-19.
5）Ibid., p. 95. lines 18-28.
6）Charles and Mary Lamb, *Tales from Shakespeare* (London: Penguin Books, 1995), p. 11. lines 1-8.
7）佐藤一公他『映画翻訳入門』、アルク、2003年、105頁。取りあげた作品の原題は *Hart's War*、邦題は『ジャスティス』である。
8）Michael Bond, *A Bear Called Paddington* (Tokyo: Kinseido, 1994) p. 2. line 19-p. 3. line 1.
9）Richard Scarry, "Uncle Willy and the Pirates," *Richard Scarry's Bedtime Stories* (New York: Random House, 1989), p. 1. line 1-p. 2. line 5.
10）"Asalto," Gerry Bowler, *The World Encyclopedia of Christmas* (Toronto: McClelland & Stewart, 2000).
11）Truman Capote, "A Lamp in a Window," *Music for Chameleons* (New York: Vintage Books, 1994), p. 16. lines 1-7.
12）"Tea With the Professor," p. 96. lines 21-29.
13）課題文の参考訳は、課題③、課題⑪ともに拙訳である。

Ⅲ. 英米文学研究

参考文献

Bond, Michael. *A Bear Called Paddington*, Tokyo: Kinseido, 1994.

Bowler, Gerry. *The World Encyclopedia of Christmas*, Toronto: McClelland & Stewart, 2000.

Capote, Truman. *Music for Chameleons*, New York: Vintage Books, 1994.

来住正三『The World of Mother Goose マザー・グースの世界』、南雲堂、2003 年。

『広辞苑 第三版』新村出編、岩波書店、1988 年。

Lamb, Charles and Mary. *Tales from Shakespeare*, London: Penguin Books, 1995.

Pilcher, Rosamunde. *The Blue Bedroom and Other Stories*, New York: St. Martin's, 1990.

佐藤一公他『映画翻訳入門』、アルク、2003 年。

Scarry, Richard. *Richard Scarry's Bedtime Stories*, New York: Random House, 1989.

Shultz, Charles M. *A Peanuts Book featuring Snoopy*, Tokyo: Kadokawa Shoten,1990.

2. 神話に隠された歴史
―ユードラ・ウェルティの「通い慣れた道」―

志水 光子

はじめに

　アメリカ南部の代表的作家であるユードラ・ウェルティ（Eudora Welty, 1909-2001）は、南部の風土に深く根差した作品で広く知られている。ウェルティの作品は、その大部分がミシシッピ州を舞台とし、大農園を営む地主階級から丘陵地帯に住む貧しい人たちまでの種種雑多な人間模様を題材に、優れたモダニストとしての小説技法を駆使して描かれたものである。その結果、ピューリツァー賞を始めとする各賞を多数受賞し、アメリカ文学界での地位を揺るぎないものとしている。

　しかしながら、ウェルティは、政治的な事柄、特に南部を舞台とする小説には避けられぬ人種問題を、自らの作品の中で扱っていないとして早期の批評では非難されることも少なくはなかった。例えば、ジョン・エドワード・ハーディ（John Edward Hardy）は、「ウェルティは、トウェインやフォークナーを含む白人作家と同様に、黒人登場人物を創造することにおいてステレオタイプしか援用しない姿勢を貫いている」[1]と指摘しているし、また、ジョン・R・クーリー（John R. Cooley）も、「黒人登場人物の描写が酷く浅薄で読者に印象を残さない」[2]と同様の姿勢をみせている。

　さらに、近年の批評でも、ディーン・フラワー（Dean Flower）がウェルティの作品における人種問題に対する曖昧な姿勢を指摘し、「人種的差異の重要性や南部人としてウェルティが感じるであろう歴史的罪を感じて

いない」[3] と非難している。実際、ウェルティの作品では、多くの場面に黒人登場人物が配置されているのにもかかわらず、物語は白人の視点からのみ進行し、彼らは風景の一部のように扱われ、台詞は少なく、ましてや彼らの心情が直接的に描かれることはない。トニ・モリスン（Toni Morrison, 1931-）は、このような白人作家の黒人登場人物の描き方の傾向を、『白さと想像力』（*Playing in the Dark : Whiteness and the Literary Imagination*, 1992）の中で、「『他者』化という文学的技法」（literary technique of 'othering'）[4] と呼び、ベティナ・エンツミンガー（Betina Entzminger）は、ウェルティもまたこの技法を援用していると主張している[5]。モリスンによると、人種イデオロギーの問題はタブー視され、それを作品中で扱うことは歴史的に沈黙と回避が文学界を支配してきたので、白人作家たちは黒人登場人物を、支配している側の共同体の中へ影もなくひっそりと組み込んでしまうという傾向に陥ってしまうということである[6]。これらのような批評の流れを考慮に入れると、何度もノーベル賞にノミネートされながらも、政治的な意識が欠如しているという審査員の主張のせいでウェルティがノーベル賞を受賞出来なかったという噂[7] に納得がいくだろう。

　しかしながら、後年になると、これらに反対の批評も出現するようになる。ソーントン不破直子（Thornton Fuwa Naoko）は、ウェルティのこの黒人登場人物に対する曖昧な描き方こそがむしろ積極的な社会批判であり、ウェルティ特有の効果的な技法であると主張し、これを「カモフラージュされた非難」（camouflaged criticism）[8] と言及している。ウェルティは、白人優先主義が当然のことと受容されている社会での作家としての好ましいイメージを守り反感を抱かれぬように、黒人登場人物を白人の視点から客観的に描いているのであり、決して人種問題に無関心であったわけではない。その証拠に、ウェルティの作品の中には、偽装された真実や隠れた矛盾などの彼女の真の意図を暗示する鍵が随所に織り込まれている。視点を替えて読み直すと、物語そのものの裏にもう一つの物語がある場合

がある。

　本稿では、ウェルティの短編小説を取り上げ、語り手の語りとは異なる登場人物の語りの中に紛れている作者の視点で作品を読むことにより、ウェルティの真の意図である南部社会の人種問題への抵抗を発掘する試みをする。

1. 二つの視点

　ウェルティの初期の作品である「通い慣れた道」("A Worn Path" 1941) は、黒人女性が主人公である数少ない作品の一つである。また、「通い慣れた道」は、ウェルティの最初の短編集『緑のカーテン・他』(*A Curtain of Green and Other Stories,* 1941) に編まれており、オー・ヘンリー記念文学賞の二位を獲得した作品でもある。一人の黒人老婆が、病気の孫のために街へ薬を貰いに行くその長く厳しい道程を描いた「通い慣れた道」は、わずか8頁の短編であるが、その中にウェルティが当時の白人社会を非難しているという暗示が詰まっており、ウェルティが人種問題に無関心などという批評を一蹴する秀作である。

　ウェルティが作品の中で人種問題を扱わない訳ではなかったという証拠の一つとして、ウェルティが南部の人々に深く愛着を抱いているという点がある。それは、この作品の成立に関するエピソードに表れている。

> 　あれは、旧カントン街道がまだ田舎にあった頃のことです。私は写生する友人に付き合って木の下で読書をしていましたが、ふと目を上げたら、この小さな遠くの人影が森の中から出て私の視界を横切り森の反対側へと消えたのです。(中略)私には、その人が何か一生懸命になってお使いに行くところだということが離れていてもわかりました。目的のある意図的な旅だと感じました。(中略) もし、他の誰かの為でなければ、あのように懸命にお使いに行ったりしないだろう。何か緊急なことでもなければ。そこで私は、最も有り得ることは子供のため

Ⅲ．英米文学研究

だろうと思い、この物語を書いたのです[9]。

　ここで、注目に値することは、ウェルティの観察眼と感受性、そして想像力である。白人が黒人を支配していた歴史の呪縛が未だ解けない当時の南部社会では、黒人は白人にとって「見えない」存在であった。たとえ「見えて」いても、見ていない、見ようともされない存在なのであった。何故なら、当時の南部は黒人を無視して「見えない」人間と決めつけるような白人の利己性が当然のこととして通用している地域だからである。それゆえ、白人にとっての黒人とは、同胞でも隣人でもなく、ましてや人間でもないので、白人の意識の中では、常に「見えない」存在なのである。

　その不可視であるはずの存在が、ウェルティにとっては可視であっただけではなく、何か意図のある旅をしているように「見えた」のだという。南部社会の白人であるなら誰もが見逃すであろうこの日常の風景が、ウェルティの鋭い感受性を捉え、彼女の豊かな想像力に働きかけ、一つの物語を誕生させたのである。南部の風土とその人々に深く愛着を抱いているウェルティの暖かい眼差しと豊かな想像力がなければ、この一風景が物語として読者に届くこともなかったはずである。そのウェルティが、当時の南部社会の抱える最大の欺瞞に無関心でいられるはずはないのである。

　それに加えて、1933年から1936年までの4年間、ウェルティが公共事業促進局（Works Progress Administration）に就職しミシシッピ州内を取材して写真を撮り、記事を書く仕事に従事していたという事実もある。公共事業促進局とは、大恐慌の失業対策の一環としてローズヴェルト大統領が講じた国家施策の一つであり、ウェルティはここで初めて不況時代のミシシッピ州における貧困に触れたという。そして、そこでウェルティが目撃し、インタビューして得た風俗や人々の暮らしは、ウェルティを作家になる決心へと導き、その後の作品に影響を与えたということである[10]。

　それにもかかわらず、ウェルティは自分の作品中における人種問題の関与をインタビュー等でことごとく否定している。

2. 神話に隠された歴史

> それ［人種問題］は私のテーマではありません。（中略）私の書いたものの大部分は個人的な人間関係についてなのです。私は先住民や黒人に対する白人の罪のような事柄に決して作品中で立ち入ったことはありません。それは私の書きたい主題ではなかったからです。私が考えることには、私の物語は人種間の関係が反映しているけれども、それは一つの側面に過ぎないのです。（中略）私はすべての人々を描いているのです。私の登場人物は半分が黒人で半分が白人です[11]。

ウェルティは、自分の描きたい対象はあくまでも人間そのものであると主張し、作品における人種問題の関与を全面的に否定している。

この矛盾の理由として考えられることは、ウェルティが南部作家としての保身を第一に考えざるを得ない社会状況がある。当時の南部社会は、ウェルティが見たまま感じたままに書くことを許さぬ風潮があった。ハーパー・リー（Harper Lee, 1926-）の『アラバマ物語』（*To Kill A Mockingbird*, 1960）では、このような風潮が具体的に小説化されている。その内容は、南部の古い町で無実の罪を着せられた黒人被告を勇敢にも弁護する弁護士が地域の住民から嫌がらせを受けたり中傷されたりするものである。つまり、当時は黒人を庇う者は非難と攻撃の的になるのが普通のことであった。

また、反対に、南部作家として政治性のある作品を期待されていたという事実もある。ウェルティ自身も、夜中に匿名の抗議の電話を受けたと述べている。その抗議の内容とは、ウェルティの作品に政治性がないので作品の中で人種問題に対抗するようにというものであったという[12]。このようなことから、ウェルティが、南部の白人を支配したイデオロギーと地元の黒人への正義の心の狭間で揺れ動くさまが推測出来るであろう。

それに加えて、ウェルティは、「作家は社会改革をせねばならないか」（"Must the Novelist Crusade?"）という論文の中で、社会改革者と小説家は対極にあると主張し、読者が作者の意図と社会改革者の思想を混同する

Ⅲ. 英米文学研究

危険性を説いている。ウェルティによると改革者の声というものは群衆を代表するものであり、常に声高に叫ぶため他方が退いてしまうというのである。それを避けるために、ウェルティは、人々の内面を描くという自分の小説観を主張する。

 よい小説というものは、どのような振る舞いをすべきかと示すことではなく、どのように感じるかということを伝えることです。そうすれば段々と、自分の感情にどのように対面し、どのような行動をとるのか分かるし、小説が意味することについての暗示も受け取ることができるでしょう[13]。

 つまり、ウェルティは、作家というものは暗示にとどまるべきで何かを教示すべきものではないと述べている。作品の中から何を受け取るのかはあくまでも読者側の問題であり、判断を下すのは読者であり作家ではないと主張しているのである。ウェルティのすることはただ人間の内面を描くことであり、その後は読者の想像力に委ねることが、ウェルティの作者としての姿勢なのである。
 そこで、ウェルティは、「通い慣れた道」においては、語り手の視点と作者の視点を別のものとして二重に表現し、当時の社会風潮に適合する物語の裏に自分の主張を巧みに組み入れたのである。ここでいう語り手の視点とは、当時の白人の視点で語られているものであり、作者の視点とは主人公フェニックスの声であり黒人の立場で語られているものである。この声は南部の社会では無視され「聞こえない」とされている声であるが、強い主張、確固たる信念、そして未来を予測する力を具えており、注意深い読者には時には啓示的に響く力を有している。この声が投げかける暗示が、ウェルティの意図するものであり、作者の視点となる。したがって、語り手と作者の視点は一見同一のものと思われがちであるが、実は全く異なる正反対のものである。

2. 神話に隠された歴史

　まず最初に、作品の語り手は第三者の白人と思われる。彼又は彼女の役割は、設定された状況や登場人物の行動を自分の主観を加えることなしに客観的に伝えることである。その言語は当時の白人社会で通用している教育を受けた者の言語であり、行間には神話や聖書の含蓄が織り込まれている。主人公の情報と言えば、フェニックス・ジャクソン（Phoenix Jackson）という名前と彼女の外見の描写だけであり、彼女がどのような生活をしているのか、あるいは何故老齢にもかかわらず困難な旅をするのかは、一切語られてはいない。語られている内容は、旅の途中に起こった出来事の客観的事実だけである。

　それを補うかのように、フェニックスが語るので、読者は彼女の置かれている状況や旅の理由、孫息子の病状まで知ることが出来るのである。フェニックスの語りによると、彼女は白人の住む街から遠く離れた森の中に、病気の孫息子と二人だけで暮らしている。そして、この老女は孫息子の薬を入手するために、街への長い道程を杖をつきながらも必死に歩いていくという危険で困難な旅を定期的にしている。二人は社会から孤立した貧困の中での暮らしを余儀なくされる最も厳しい立場の社会的弱者である。祖母は黒人であり女性である上に、老齢で貧しく、孫息子は幼い上に病気である。この老女は杖がなくては歩くことはできず、視力も弱り、時に意識が遠のいてしまうほどであり、また、「南北戦争が終わった時にはもう年を取り過ぎて学校へ行けなかったよ」[14]という言葉から、百歳近いという推測も成り立つ。孫息子の方は、自分自身のことは何もできず老女の世話だけを頼りに生きている状態である。

　このフェニックスの語る過酷な日常生活こそが、ウェルティが伝えたい当時の黒人の貧困に喘ぐ姿であり、ウェルティの社会批判なのである。したがって、フェニックスの語りこそが作者の意図とするものであり、作者としての視点となるのである。しかし、この語りは当時の社会では歓迎されないものなので、自分の保身と人種差別主義者の反感を避けるために、ウェルティは慎重に作品を書いている。白人ナレーターの語りには、冷静

な口調と意表をつく出来事の連続で読者の意識にこの二人に対する憐憫の情を生じぬよう仕向け、フェニックスの語りには、ユーモラスな口調と言葉遣いで、悲惨な現実を偽装しているのである。その結果、読者はフェニックスの孫息子への強い愛情とそこから生み出される不死鳥の名にふさわしい強い生命力に圧倒され、南部社会における社会的弱者に対する負の側面に気づくことなく、この作品を読み終えることとなる。このように考えると、ウェルティは二つの視点を巧みに使い分けて、当時の社会を支配するイデオロギーと地元の人々への正義の心の狭間に立つジレンマに対処したと推測できる。

2. 神話に隠された歴史：もう一つの物語

「通い慣れた道」のテーマは、フェニックスの自己犠牲の愛であると、多くの批評家が言及している。例えば、ヤン・ノードバイ・グレットランド（Jan Nordby Gretlund）はこの作品のテーマについて次のように述べている。

> 「通い慣れた道」において、フェニックス・ジャクソンが孫息子を助けるためにナッチェス街道を歩き通すという勇敢な努力を駆り立てているものは愛である。人生の後期に差し掛かって老体である彼女の精神的肉体的忍耐を鼓舞する源は孫息子に対する愛ただそれだけである。彼女は孫息子が彼女を必要とする限りナッチェス街道を何度も通い続けるだろう。ウェルティは、愛こそが孤立した生活に対する唯一の手段であると明らかに言っている[15]。

確かに、わずか8頁の短い物語の大半は、フェニックスのカリスマ的な武勇伝となっているが、最後の場面で一転、物語はフェニックスの孫息子に対する惜しみない愛の物語となり、このクライマックスの場面で、フェニックスの苦難の道程は、読者の感動と同情、共感の蔭へと押しやられて

2. 神話に隠された歴史

しまうのである。フェニックスの旅が困難であればあるほど、孫息子への愛が強調され、物語は幸せな結末を迎えることとなる。

　ウェルティが作品に神話のモチーフを使うことは広く知られている。そして、ウェルティはこの作品を愛の物語に仕立て上げるために、この手法を用いている。フェニックスというエジプト神話を想起させる名前を取り上げてみても、ウェルティが作品に神話性をもたせようとした意図が窺えるだろう。その他にも、ノルウェーの神話に出てくる啄木鳥に姿を変えた老女がフェニックスのモデルであるという説[16]もある。確かに、この物語は鳥のイメージが強い。例えば、フェニックスの立てる杖の音は、「孤独な小鳥のさえずりのよう」[17]と描写されているし、彼女を待つ孫息子の様子は、「小さなキルトにくるまって小鳥のように口を開けて覗いている」[18]と描かれている。さらに森を突き進むフェニックスの行く手には、ナゲキバト、コリンウズラ、アメリカハゲタカなどの鳥が登場し、妖精物語の様相を呈している。

　そして、設定時期がクリスマスシーズンであることや、聖書の比喩の引用、クリスマスシーズンに戸口を飾るというヤドリギの登場などから、ウェルティがキリスト教を意識してこの作品を創作したという推測も成り立つ。だとすると、この作品が神話性の豊かな宗教色の濃いものであるということになる。この観点からみると、フェニックスの旅は、巡礼の旅とみなすことも出来る。老体に鞭打ちながらも愛する孫息子のために薬を貰いに行くという自己犠牲的な行為は、キリスト教の教えに通じるものであるし、またその道程の旅は、まさに巡礼の旅と言ってもよいであろう。以上のことから、この作品が神話のモチーフを借用した人間愛の物語という説が幅を利かせていることに納得がいくが、主人公フェニックスの語りに焦点を当てると、その物語の裏側にもう一つの物語の存在が浮上する。旅の途中でフェニックスがふと漏らす独り言を拾ってゆくと、そこに一つの道、かつて奴隷であった人たちが市民になるまでの長く厳しい道が見えてくる。

白人の第三者と思われる語り手の言語は教育を受けた者の洗練されたものであり、フェニックスの言語とは異なるものである。そして、その語り手はフェニックスの道程の様子を冷静な文体で客観的に語っている。一方、主人公のフェニックスの語りは、無教養で野蛮な言語であり、文明とは程遠い言語ではあるが、彼女が道すがらふと漏らす独り言が南部の黒人の歴史を如実に伝えている。

まず最初に、彼女の行く道は危険で困難である。それはフェニックスの次の語りに表れている。

> 狐さん、フクロウさん、かぶと虫に野うさぎさん、アライグマさん、私の行く道からどいてくださいね。私の足元から離れていてよ。小さなコリンウズラさん。でっかい野豚さん私の通る所に来ないでおくれ。どいつも私の通る道にやってこさせないよ。ああ長い道のりだったよ[19]。

野生動物が出現するような深く人気のない森の中を、傘で作った粗末な杖を鳴らしながら——まるで隠れている動物を威嚇するかのように——おぼつかない足取りでフェニックスは進んで行く。それはかつて奴隷であった民族が体験してきた苦難の歴史を暗示しているとは言えまいか。台詞の四分の三は、森の仲間に話しかける白雪姫を思わせるようなほのぼのとしたユーモラスなものであるが、「長い道のりだったよ」という言葉が、フェニックスの奴隷から市民となった長く厳しい人生を物語っているように思われる。そこには、野生の豚やワニや蛇の様に残酷で獰猛な敵もいたに違いない。それが鞭という残酷な道具で黒人を支配してきた白人の奴隷商人や農園主、奴隷監督のメタファーであることは言うまでもない。

次に、森を抜けて山頂に来ると、自分が来た道を振り返って、「私の足には鎖が絡まっているみたいだよ」[20]と、来た道の困難さを語るが、これこそまさに、自由を奪われ拘束されてきた歴史を連想させる台詞であろう。そして、スカートの裾が茨の棘に絡まれ、それと格闘する場面では、その

2. 神話に隠された歴史

様子を「スカートの片側で茨の棘をはずすと、他方でまた引っかかる」[21]と描写し、逃亡奴隷が自由を求めて逃亡を繰り返すさまを暗示しているようにも思われる。その時フェニックスは、「茨よ、お前は定められた務めを果たしているんだね。決して人を通そうとはしないのだ」[22]と皮肉たっぷりにつぶやいている。

　また、小川に架かる丸木橋を渡らねばならない場面は、「今や試練の時が来た」[23]というつぶやきで、旧約聖書の出エジプト記を思い出させる。実際に、奴隷州と自由州の境に流れる川を渡って自由の身を獲得した逃亡奴隷が多く存在していたことは、紛れもない歴史的事実である。

　川を越えたフェニックスが休憩のために腰を下ろすと、彼女は奇妙な現象に出会う。どこからともなく少年が現れて、彼女にマーブルケーキを差し出すのである。信じられない思いで手を伸ばしたフェニックスが受け取ろうとすると、少年の幻もろともマーブルケーキは消えてしまう。ここで注目すべきことは、少年の差し出すマーブルケーキの意味するものである。本来マーブルケーキとは、小麦粉、バター、卵を混ぜて練った白色の種と、同様のものにココアパウダーを加えて練った黒色の種の二種類の種を、一つの型に入れ緩く混ぜ合わせた上で焼いたまだら模様のケーキである。これは、フェニックスの、ひいては黒人全体の、人種統合への願いではないだろうか。かつて支配していた白い民族とかつてその奴隷であった黒い民族が、完全に混じるのではなく、お互いのアイデンティティーを認め合った上で一つのものとなるという願いは、黒い種と白い種が緩く混じりあったまだら模様の、二つの味が一つのケーキになって初めて存在するマーブルケーキそのものである。フェニックスが手を伸ばして受け取ろうとすると消えてしまうことも、その人種融合の願いが1941年当時は実現不可能であることを示唆している。と言うのも、公民権運動が普及するのはこの作品が発表された20年後の1960年代に入ってからのことだからである。肌の色で厳密に区別された社会においてこの二つの民族の境界が曖昧になる日が来ることを、ウェルティが予期していたかは定かではないが、少な

くとも、その願いを作品に込めた可能性が皆無とは言えないであろう。

　フェニックスが森を抜けるまでに出会った彼女の旅の障害物であるもの——野生動物、茨の棘、水路、川の流れ、針金の金網——はどれも逃亡奴隷の自由への願いを阻むものではないだろうか。そして、最後に、それらに追い討ちをかけるように、少年の幻が暗示する人種統合の願いを打ち砕いてしまう。よって、ウェルティの描く巡礼の旅の裏側には、黒人の歴史と未来の展望が暗く描かれているのである。

　やがてフェニックスは幾多の困難な出来事に遭遇しながらも、森を抜け、病院のある都市部へ入って行く。それはまさに、野蛮とされた奴隷が文明化された市民と進化する瞬間でもある。ここでフェニックスは、3人の白人女性と出会うが、この3人は、フェニックスを自分と同じ市民とは認めない態度を取る。フェニックスが彼女たちを"Missey"と呼ぶのに対し、彼女らはフェニックスを"Grandma"とか"Aunt Phoenix"と呼び、決して敬称をつけて"Mrs. Phoenix"と呼ぶことはない。つまり、この3人の白人の態度こそが、当時の南部社会における黒人に対する態度なのである。かつて奴隷であった人たちは、法律上は自由となり、白人と平等となったはずではあるが、未だ終わりなき偏見と差別の闘いを強いられているのである。以上のことから、フェニックスの旅は、人種をキーワードに読み解くと、奴隷であった民族の苦難の歴史をフェニックスが体現しているといえる。しかしながら、この苦難の歴史は、フェニックスのユーモラスな語りとカリスマ的な体力、連発する意表を衝く出来事で偽装されて表面には浮上して来ない。これこそソーントンの主張する「カモフラージュされた非難」[24]であり、効果的な技法なのである。ウェルティは、当時タブーとされていた人種に纏わる事柄を、神話モチーフを使用することによって隠蔽し、さらにユーモアと愛で注意深く偽装している。かくして読者は、貧しく老いた黒人女性という四重苦の人物の当時の厳しい現状に気づくことなく、神話色豊かなクリスマス物語を楽しむことが出来るのである。

3. トリックスターの策略

　ウェルティは人種差別という南部社会の欺瞞を暗示的に訴える効果的な手段として、主人公フェニックスにトリックスター的要素を加えている。それはフェニックスがトリックスター特有の策略を使って、利益を得たり、密かに復讐したりすることに表れている。ルイス・ハイド（Lewis Hyde）は、『トリックスター』（*Trickster Makes This World, 1998*）の中で、「トリックスターは境界を越える者である」と定義し、次のように説明している。

　　要するに、トリックスターは境界を越えるものである。どの集団も周縁、内と外という感覚をもっている。そしてトリックスターは、常に周縁にいる。交流が生じるようにと、都市や人生の出入り口にいるのだ。また集団は、その社会生活をはっきりと分けるための内的境界をもっている。そこにもトリックスターはいる。われわれは常に、正と邪、聖と俗、清と濁、男と女、若と老、生と死を区別している。そしてトリックスターはあらゆる場面においてそれらの境界を越え、その区別を混乱させるであろう。(中略)トリックスターは曖昧と両面価値、二重性と表裏、矛盾と逆説の、謎めいた体現者なのだ[25]。

　つまり、ハイドによると、トリックスターは二項対立しているものの間を行き来し、その境界を曖昧にする両義的な存在であるという。その観点から見ると、フェニックスもまた、現実と幻想の間を彷徨いながら、森から街、黒人の共同体から白人の社会、周縁から中心へと越境し、様々なトリックを駆使して、自分の目的を遂げている。

　まず最初に、フェニックスの行ったトリックスター的行為の一つに「盗み」が挙げられる。フェニックスは旅の途中に森の中で出会った白人ハンターからニッケル硬貨を盗む。実際はハンターの落としたニッケル硬貨を

Ⅲ．英米文学研究

目ざとく見つけて着服しただけのことであるが、ウェルティの描写には、トリックスターの手口が如実に表れている。

> 何かがフェニックスの心を捉えた。彼女は静止している。と、彼女の顔に強烈で特異な光が走った。彼女の目に白人ハンターのポケットからニッケル硬貨が転がり落ちる光景が飛び込んできた。（中略）とっさに小さな叫び声を上げて手を叩き、大声で言った。「あの犬をあちらへ行かせておくれ、見て見てあの犬だよ」（中略）「皆が怖がるよ。あの大きな黒い犬だ」「あいつにかかれ！」すると、ハンターは「見てろよ、あの野良犬をやっつけてやる」と言って、自分の犬に、「ピート、あいつをやっつけろ」とけしかけて、犬の方へと向かって行った[26]。

フェニックスは瞬時に、小さい叫び声を上げて手を叩くという仕草をして、自分がニッケル硬貨を拾うチャンスを得るために、ハンターの注意を自分からハンターの犬と野良犬の方へとそらし、彼が彼女から離れて犬の方へと行くように仕向けている。この瞬時の判断力と相手の気を逸らす言葉の選択は、まさにトリックスターのテクニックである。

ニッケル硬貨を手に入れたフェニックスは、「神様はいつも見ているけど、私は盗みをやってしまったよ」[27]と独り言を言うが、ウェルティはフェニックスに罰を下さない。何も知らぬハンターが自分の存在を誇示するかのように、まるで彼女の不正行為を神が咎めているかのように銃口を突きつけると、「今までにもっと酷い目に遭ってきたから怖くない」と、ウェルティはフェニックスに言い訳させている。これは、フェニックスの行為は正当なことであるとフェニックスに主張させているのである。ここにウェルティの人種に関する深い暗示があるように思われる。

まず第一に、このハンターはフェニックスと社会的には全く反対の立場に立つ者である。白人で男性であり、若く屈強であり、少なくとも貧しい様子はない。彼は溝に落ちたフェニックスを引き上げてあげるなど一見親

2. 神話に隠された歴史

切そうではあるが、自分の白人としての優越性を十分に認識しており、それを盾にフェニックスをからかっている。そして、フェニックスを"Granny"という南部では決して敬称とは言えぬ呼び名で呼んでいるのである。ここでトリックスターたるフェニックスが知恵を働かせて策略を講じても不思議ではない。

　ハイドによると、トリックスターは人間たちがこの世で生き延びていくために必要で有益なものを神から盗むという[28]。もともと盗んできたのは白人の方であり、ウェルティが作品中でそれをフェニックスに盗み返させたのではないかと思われるのである。奴隷貿易の時代から奴隷解放令までの約300年間、白人は黒人の肉体のみならず精神までも盗み、自分たちの利益を満たしてきた。法律的には自由になったはずの戦後も、黒人たちは安い賃金で労働力を搾取された上に、彼らの祖先の創り上げた文化を盗まれてきた。今やアメリカが誇るジャズはその例の一つであり、白人の創ったものではない。奴隷であった人々が劣悪な環境に順応し過酷な労働に耐えるために口遊さむ歌や音楽を白人が模倣し盗み消費してきたのである。それをウェルティは短編「パワーハウス」("Powerhouse" 1941）で描いている。黒人ジャズピアニストが華々しく白人聴衆に娯楽を提供する裏に、彼らを他者とみる白人社会での処世の厳しさを隠して、南部社会の差別の現状を描いている作品である。ウェルティは暗示的にしかし大胆にジャズがアメリカの芸術に対する最も顕著な芸術的貢献であるとこの作品の中で主張している。

　ハイドは、トリックスターの盗みについて、逃亡奴隷の自伝を書いたフレデリック・ダグラス（Frederick Douglass, 1818-1895）を例に挙げて説明している。奴隷州から北部の自由州へと逃亡して自由になったダグラスのトリックスターとしての手口は読み書き能力と雄弁術である。ダグラスは、奴隷が読み書きを習得するのは危険だと考える主人の目を盗んで、自分の周囲の世界にいる白人の子供たちから、読み書き能力を盗む。そして、自分の意志で行動出来るようになると、今度は「自分自身を盗んで」[29]奴

Ⅲ．英米文学研究

隷の身分から逃亡する。

　当時の南部社会では、書く言葉や書物は白人のものであり、奴隷の肉体も精神も白人の物であったので、奴隷が自分自身の判断で行動するには、所有主の白人から彼らの所有物である自分を「盗む」しかなかったのである。農園主の父親とその奴隷であった母親の間に生まれたダグラスは、外見上は白人のような肌の色をしていたと言われている。黒人と白人の境界を、奴隷州と自由州の境界を彷徨うダグラスは、まさにトリックスター的資質を備えた人物である。そのダグラスと同様の「盗み」をフェニックスにも行わせて、ウェルティが黒人の搾取されてきた南部社会を批難しているという読み方も可能ではないかと思われる。

　さらに、ウェルティは、権威を逆転させるというトリックを使って、南部社会への非難のメッセージを暗示的に行っている。それはフェニックスが街で出会った女性に靴紐を結んでもらう場面に表れている。

　　彼女は人々が行き交う歩道にそっと立ち止まった。ある婦人が群衆の中からこちらへやってきた。赤や緑や銀色の包装の贈り物の箱を腕いっぱいに抱えている。真夏の赤い薔薇のような香水を振り撒いて。「お嬢さん、お願いです。私の靴の紐を結んでくれませんか」とフェニックスが足を持ち上げて見せると、「どうしてほしいの、おばあさん」とその婦人が言う。「私の靴を見て下さい。田舎道を歩くのはこれで良かったけれど、大きなビル街の中を行くにはちょっとみっともなくて」「それじゃあじっと立っててね、おばあさん。」[30]

　この婦人の描写は、「赤や緑や銀色の包装の贈り物の箱を腕一杯に抱えた真夏の赤い薔薇のような香水」を身にまとった女性というもので、まさに当時の中流階級の白人女性を代表している。また、12月の寒い朝に孫の薬のために長く厳しい道を歩くフェニックスの境遇と比較すると、いかに街に住む白人女性がクリスマスを楽しんでいるかが強調され、貧富の差

2. 神話に隠された歴史

をまざまざと見せ付けられるようである。支配階級である白人の婦人に、かつて奴隷であった民族の末裔であるフェニックスの長旅で汚れている靴の紐を身をかがめて結んでもらうという行為は、まさに立場の逆転ではないであろうか。かつて虐げられていた民族が征服してきた民族に屈辱の要求をしているのだ。これは「見えない」自分を白人に提示し、認識されないアイデンティティーを認めさせる行為ともとれるのではないだろうか。これこそまさに、かつて奴隷であった民族の共通の復讐とはいえないであろうか。

しかしながら、ウェルティは、インタビューの中で、これら二つの行為について次のように述べている。

> （これら二つの行為は相手が）白人だからという訳ではありません。二つのことは全く別のことなのです。子供のために絶望的にお金が必要だったのです。彼女はそれが罪であると知ってもいました。でも靴紐を結ぶように頼んだのは、彼女にはどのような人が彼女に親切にしてくれるか分かっていたからです。よさそうな人を選んで頼んだだけです。この二つは全く異なる動機から起こった行動です。本当にいけ好かない白人の男からニッケル硬貨を取って、よさそうな婦人にはお願いをした、彼女は白人に対してそれぞれの対応を知っていただけなのです[31]。

ウェルティによると、フェニックスは騙している訳ではないということであるが、果たしてこれは本心であろうか。1941年という当時の社会状況と、女性が自由に発言出来なかったアメリカ文学界の文壇の状況を考えると、必ずしもそうではないといえる。何故なら、ここに、ウェルティの暗示の鍵となる一つの矛盾が隠れているからである。

フェニックスは白人女性に対して、「杖をついているので靴紐が結べなくて」[32]と嘘をついている。何故なら、フェニックスは白人ハンターの落

としたニッケル硬貨を身をかがめて拾うことが出来たからである。また一方、この白人婦人は、"Grandma"という同じ白人の老婦人には決して使わないであろう呼び方を連呼しながらも、フェニックスの求めに応じて靴紐を結んでいる。礼を言うフェニックスの台詞の後には何の記述もなく場面が変わるので、後は読者の想像に任される他はないのであるが、この沈黙に、ウェルティの秘めた画策を感じる。時はクリスマスシーズンであり、この作品は表面的には利他的な愛の物語である。そして、ハーディの言うように、キーワードは"charity"という語であり、キリスト教の慈愛、隣人愛、ひいては人間愛をテーマにした物語[33]であれば、ウェルティが表面上は当時の南部社会における作家としての好ましいイメージを装いつつ、フェニックスに隠れた意図を暗示させたとしても不思議ではない。白人女性に靴紐を結ばせる場面に不自然に偽装された偽善を感じる読者がいるはずであると、ウェルティは密かに企んでいたかもしれない。これこそ、トリックスターのトリックたる証拠である。

　そして、フェニックスは、最後の場面で大芝居をする。病院の長い階段を登ってドアの内側に入ったフェニックスの様子は、それまでの生き生きした様子とは打って変わって、「なにやら儀式のような堅苦しさで身を硬くして」[34]いる。なぜなら、壁の上には彼女の理解出来ない文字が連なった文書が金の額縁に入って飾られているような、彼女には異文化の空間に戸惑っているのであろう。受付係は彼女の外見と"Here I be"という無教養の言葉から、慈善医療のケースと判断し、早く終わらせてしまいたいという感情を隠すこともせず無遠慮に矢継ぎ早の質問をしてくる。それに対しフェニックスはこの場の緊張と長旅の疲れから一時的な記憶喪失となり、意識さえもおぼつかない様子である。この間のフェニックスは、静かに直立してまるで鎧をまとったように微動だにせず呆然としているが、看護師の「孫息子」という言葉を聞いた途端に、まるで生き返ったように反応する。それをウェルティは、「その時閃きと炎のような理解力が彼女の顔に走った」[35]と描写している。まさに不死鳥フェニックスの生命の復活

2. 神話に隠された歴史

の瞬間である。

　その後のフェニックスの語りは、孫息子への愛が溢れており、その愛が、老体のフェニックスを長旅へと駆り立てる原動力であり、彼女の強い生命力の源であることを、読者に、まるで謎解きミステリーの様に解明する。同時に彼女の語る孫息子の描写が非常に愛らしく、読者にこの物語のテーマが愛であるという錯覚を起こさせる様なトリッキーな技法が隠されているように思われる。この場面のフェニックスの語りは、もはや語り手の手を離れて一人歩きを始めたかのような独壇場となっている。

　「私の小さな坊やは、キルトにすっぽりと包まれて家の中で一人待っているんですよ」フェニックスは続ける。「私たちはこの世界に二人だけ取り残されているのです。坊やは苦しんでいて、全然良くならないみたいです。坊やは可愛らしくて、ずっと生き続けますとも。坊やは小さなキルトにくるまって小鳥のように口を開けて覗いているんです。今ははっきりと思い出せますよ。坊やを忘れるなんてもう二度とありません。（中略）私はすべての生き物の中から坊やだけをはっきりと見分けることが出来ますよ」[36]

　ここで注目すべきことは、この心温まるフェニックスの肉親愛と、"charity"という語を繰り返す看護師たちの人種を超えた隣人愛——肌の色を基準に分裂している社会においての——を謳っている場面の陰に、人種の闘いが隠されていることである。看護師たちは表面上は親切であるが、これは偽装されたもので、フェニックスを "Aunt Phoenix" と呼び、冷たくあしらっている。また、この時看護師の手には、「何かが書かれているカード」が握られており、看護師はそのカードに書かれている医学的な根拠と自分の医学的知識から、「あなたの孫息子は死んでいないですね」とか「のどはもう決して治らないのでは」というような悲観的な予測をフェニックスに投げかけている。そもそも、文字の書かれているカードとは、文盲の

157

Ⅲ．英米文学研究

黒人の多かった当時の南部社会では白人だけの道具である。その白人の道具に記載されている教育のある者だけが理解出来る記号を基に判断することは、白人だけに与えられた特典である。

それに対し、フェニックスは、「私は学校に行っていない。南北戦争の終戦の時にはもう年をとりすぎていたのだから。私は教育のない老女なもので」と、南部社会で通用している自分の位置通りに自分を低めた言い方をしながらも、歴史的事実をそのまま言って隠れた社会批判をしている。看護師は、「貰いに来ればいつでもあげると医者は言ってるけど、これは治り難いケースね」[37]と嫌味たっぷりに薬を渡す。表面上は、親切な看護師と患者のやりとりであるが、視点を替えて読めば、南部社会の人種間の軋轢を思わせる隠れた緊張感がここにあると気づくことが出来るだろう。

また、フェニックスは、孫息子の様子を尋ねられて、「いいえ、死んでなんかいません。同じままです。」[38]と答えている。フェニックスが黒人の歴史を体現し、孫息子が黒人の未来を象徴しているとすれば、「死んでいないが同じまま」とは、法律上、自由になっているけれども、差別と偏見の社会は依然として変わらないということを暗示しているのではないだろうか。

さらに、フェニックスは、自らの利益を増大させるために知恵を働かせる。冷淡な態度を取ったことに対して罪悪感を覚えた受付係が、クリスマスのプレゼントに数ペニーあげようと言うと、相手の心の微妙な動きを素早く察したフェニックスは、「5ペニーなら一枚の硬貨で済むよ」[39]と言って、申し出の金額より多く自分のものにしてしまう。このフェニックスの台詞の中には、「私たちは二人きりで取り残されている」というような社会から孤立している貧しい暮らしの描写があるが、その描写を、「キルトにくるまって小鳥のように口を開けて覗いている」という可愛らしい孫息子の描写で上塗りして、看護師たちの同情を誘い、最後に、「孫息子を忘れたことはない。すべての生き物の中から見分ける事が出来る」という記憶力の良さをアピールしている。以上のことから、無教養で文盲であるフェ

2. 神話に隠された歴史

ニックスが、書き言葉の書かれたカードという白人の権威を振りかざす白人に対して、話し言葉と記憶力で対抗してより大きな利益を得るというトリックスターを想起させる行為をしているといえる。これは法律的には自由となった今でもなお貧困と不平等の中での生活を余儀なくさせられている黒人の厳しい当時の状況をウェルティが描いているといえよう。

以上のこととは対照的に、ウェルティは、この苦難の歴史に救いを与えているような場面を創作している。白人ハンターと受付係から合計10セントを獲得したフェニックスは満足気につぶやく。「店に行って坊やに紙で出来た小さな風車を買って帰ろう。きっと坊やには、世の中にこんないいことがあるなんて信じられないだろうけど。この手にお土産を持ってまっすぐに行進して帰ろう」[40]。これは、孤立と貧困、いつ治るか分からぬ病気の孫息子の将来に、希望の灯をつける台詞である。苦難の歴史を押し付けられ、今もなお差別と偏見の社会で暮らさざるを得ない黒人全体の未来に、自由と平等の旋風を巻き起こす風車、それを黒人の共同体へ持って帰ろうと言うのだ。フェニックスの台詞には、"march" とか "straight" など、およそ老女には似つかわしくない活気に満ちた単語が含まれている。きっと孫息子の時代には、風車が回るような社会の変革が起こると確信しているかのように、次世代の可能性を暗示している台詞と思われる。

おわりに

タイトルの "A Worn Path" には、「道」に "worn" という形容詞がついている。一度きりではなく、何度も何度も、まるで衣服や靴が磨耗するように、繰り返し通ってきた「道」である。その「道」は、アフリカ系アメリカ人の思想家 W. E. B. デュボイス（W. E. B. DuBois, 1868-1963）の提唱する「20世紀の問題であるカラーライン」[41]を結ぶ道かもしれない。"Grandma" や "Granny" などの呼称でしか認識されない、個人としてのアイデンティティーのない社会と、貧困ではあるけれども同胞のいる共同体のこの二重社会を結ぶ「道」は長く障害物に満ちている。それでも、生き

るために、老いたフェニックスはその「道」を行くのである。

「通い慣れた道」は、目的の薬を手にしたフェニックスがゆっくりと病院の階段を降りて帰ってゆく場面で終わる。目的を遂げただけではなく、想定外のお土産まで獲得して満足して帰るというハッピーエンディングではない。来た道を再び戻らねばならぬのだ。12月の寒空、やがて日が暮れようとする中、長く厳しい道を老いて疲労した体で戻ってゆくことがどれほど困難なことであるか想像する読者は少ないであろう。これこそ、ウェルティが訴えたいことであり、読者に期待している想像力なのである。

ウェルティは、人々の間の深い障壁は想像力の欠如である[42]と主張する。彼女によると、想像力は、貧困や人種差別の生み出す肉体的苦痛や精神的絶望に立ち向かう力となるのである。それゆえ、ウェルティは、読者の想像力に期待して、敢えて直接的な表現をせずに作品に自分の意図を暗示してきたのである。もちろん、時代背景を考慮すれば、彼女の作家としての保身が第一であったという想定も否定出来ない。それでもウェルティの地元の人々を愛する心は賞賛に値する。したがって、「通い慣れた道」は、ウェルティがインタビューや論文等でことごとく否定してきた作品における人種問題の関与を巧みに隠して、南部社会の欺瞞を強く訴えた作品であるといえる。

注

1) 引用部分の邦訳はすべて拙訳。

   John Edward Hardy, *Images of the Negro in American Literature* (Chicago: The University of Chicago Press, 1966), p. 221.

2) John R. Cooley, *Savages and Naturals: Black Portraits by White Writers in Modern American Literature* (Newark: University of Delaware Press, 1982), p. 125.

3) Dean Flower, "Eudora Welty and Racism," *The Hudson Review* 60.2 (Summer 2007), p. 331.

2. 神話に隠された歴史

4) Toni Morrison, *Playing in the Dark: Whiteness and the Literary Imagination* (New York: Vintage Books, 1992), p. 58.
5) Betina Entzminger, "Playing in the Dark with Welty: The Symbolic Role of African Americans in *Delta Wedding*," *College Literature* 30.3 (Summer 2003), p. 58.
6) Morrison, op. cit., p. 10.
7) *Conversation with Eudora Welty*, ed. Peggy Whitman Prenshaw (Jackson: University Press of Mississippi, 1984), p. 617.
8) Naoko Thornton Fuwa, *Strange Felicity: Eudora Welty's Subtexts on Fiction and Society* (Wesport,CT: Praeger, 2003), p. 32.
9) Prenshaw, op. cit., pp. 167-8.
10) Suzanne Marrs, *One Writer's Imagination: The Fiction of Eudora Welty* (Baton Rouge: Louisiana State University Press, 2002), p. 14.
11) Prenshaw, op. cit., p. 299.
12) Ibid., p. 100.
13) Eudora Welty, "Must the Novelist Crusade?," In *The Eye of the Story* (New York: Vintage Books, 1978), pp. 153-4.
14) ——, "A Worn Path," *Collected Stories of Eudora Welty* (New York: Harcourt Brace Jovanovich, 1980), p. 148.
15) Jan Nordby Gretlund, *Eudora Welty's Aesthetics of Place.* (Columbia: University of South Carolina Press, 1997), p. 222.
16) Jeanne R. Nostrandt, "Welty's 'A Worn Path,'" *Explicator* 34 (January): Item 33, p. 33.
17) Welty, *Collected,* op. cit., p. 142.
18) Ibid., p. 148.
19) Ibid., p. 143.
20) Ibid., p. 143.
21) Ibid., p. 142.

22) Ibid., p.143.
23) Ibid., p.143.
24) Thornton, op. cit., p.32.
25) Lewis Hyde, *Trickster Makes This World* (New York: Farrar, Straus and Giroux,1998), pp.7-8.
26) Welty, *Colledted,* op.cit., pp.145-6.
27) Ibid., p.146.
28) Hyde, op. cit., p.6.
29) Ibid., p.227.
30) Welty, *Collected,* op.cit., p.147.
31) Prenshaw, op. cit., p.300.
32) Welty, *Collected*, op.cit., p.147.
33) Hardy, op.cit., p. 229.
34) Welty, *Collected*, op.cit., p.147.
35) Ibid., p.148.
36) Ibid., p.148.
37) Ibid., p.148.
38) Ibid., p.148.
39) Ibid., p.149.
40) Ibid., p.149.
41) W. E. B. Du Bois, *The Souls of Black Folk* (New York: Dover Publications, 1903), p.5.
42) Marrs, op. cit., p.20.

3. 二人の一途な愛
　—ジュリエットの決意 ロミオの覚悟—

濱田あやの

はじめに

　シェイクスピアの『ロミオとジュリエット』(*Romeo and Juliet*) は、舞台で幾度となく上演され、繰り返し映画化されていることもあり、彼の作品の中でも、最も広く親しまれている劇の一つであろう。そのため、ストーリー全体を詳しく知らなくても、この主人公二人の名前は「悲運の恋人たち」(A pair of star-crossed lovers : Prologue, 6) の代名詞として学生たちにもよく知られているので、講読演習やゼミなどの授業で取り上げられることも多い[1]。そこでしばしば耳にするのは、なぜ400年以上も前に書かれた劇が、時間も空間も超え、世界中で上演され映像化され続け、人々を惹きつけているのか、という問いである。

　その答えはさまざまであろうが、一つ挙げるならば、主人公二人の互いへの一途な愛と、それを許さぬかのような不運がもたらす過酷な結末という点にあるだろう。敵対する家に生まれるという皮肉な宿命を背負いながらも、ロミオとジュリエットは互いに一途な愛を捧げる。それゆえに、その愛を追求し守ろうとした果てにもたらされる二人の死は悲劇的である。悲運の恋人たちという代名詞どおりに、不幸な運命に翻弄された二人の死が悲哀を感じさせ、観客や読者を感動させるといえよう。

　しかし、二人は悲運に翻弄されただけなのだろうか。確かに、宿敵の家同士という世間的に許されない間柄だが、ロミオとジュリエットは、その

III. 英米文学研究

不運な巡り合わせと数々の不幸な出来事に抗いながらもお互いを愛し求めた。そこには、運命に弄ばれたのではなく、しっかりと意志をもち生き抜いた二人の姿がある。

この二人の死は、一見すると不幸な運命に翻弄された結果のように見えるが、次々と起こる不幸な出来事に対するロミオやジュリエットそれぞれの行動には、添い遂げようとする二人の意志が常に存在する。そこからは、運命に翻弄されたのではなく、自らの意志をもって一途に愛を守り生き抜いた姿が浮かびあがる。その意味では、結末の二人の死も、不運によってもたらされたものではなく、二人の最後の選択といえる。

この小論では、劇作に影響を与えたであろう16世紀イギリス文壇でのソネットの流行や、当時の男女観に着目し、シェイクスピアの意図を解明しながら、ロミオとジュリエットの一途な愛と、それを追い求め守り抜いた二人のひたむきな姿を明らかにしたい。ロミオとジュリエットの悲恋とその死という結果ではなく、そこに至るまでの彼らの互いに対する純粋な愛と、それを求め守り抜いた真っ直ぐな生き方に焦点をあてることで、恋人たちの死という悲劇的な結末を持つこの劇の中に、二人が残した一筋の希望の光を見てとることができるだろう。

1. ロミオの二つの恋：偽りの恋と真実の恋

授業で読み進めていくと多く聞かれる声が、1幕4場のロミオの心変わりに対する批判的な意見である。モンタギュー家の息子ロミオは、ロザラインという女性に叶わぬ恋心を抱き、ふさぎ込んでいる。だが、親友ベンヴォーリオに誘われ、長年敵対しているキャピュレット家の舞踏会に忍び込み、ジュリエットを見た瞬間、恋に落ち、それまで想い悩んでいたロザラインのことなどすっかり忘れてしまう。この心変わりがあまりに突然で軽薄であり、ロミオのジュリエットへの想いも本気かどうか疑わしい、という意見である。

まず、ロミオの心変わりは、ジュリエットへの一目惚れを劇的に印象付

3. 二人の一途な愛

けるための演出といえよう。突然であるがゆえに、それだけドラマチックなのである。しかし、重要なのはそれだけではない。ロミオの心変わりは、彼の軽薄さを示すものではなく、ジュリエットへの恋が、それまでの偽りの不毛な恋とは異なる、真実の恋であることを示すためのものである。シェイクスピアは、当時イギリスでよく知られていたペトラルカ風恋愛詩にみられる特徴や慣習を用いて、ジュリエットと出逢う前のロミオの不毛な恋と、舞踏会でのロミオとジュリエットの出逢いを描くことによって、ジュリエットへの恋が本物で真剣であることを強調し、二人が恋人同士になることを明確に示している。

　ジュリエットと出逢う前、ロミオがロザラインに叶わぬ想いを抱いていることは、彼が初めて舞台上に姿を現す直前、父親モンタギューと親友ベンヴォーリオによって明らかにされる。

　ベンヴォーリオは、明け方の散歩中にロミオを見かけたので近づこうとすると、ロミオは避けるように姿を消してしまったと話している（1. 1. 114-26）[2]。それに対して、モンタギューも、近頃のロミオは、目に涙を溜め、深い溜息をつき、朝だというのに日の光を拒むようにカーテンを閉めきり自室に閉じこもり、人と接することを極力避け、何かに思い悩み独りで過ごしている、と息子の様子を心配しながら語る（1. 1. 127-38）。

　モンタギューとベンヴォーリオの話すロミオの様子は、16世紀イギリスの文壇における恋する男の典型的な姿に合致する。当時は、14世紀イタリアの詩人ペトラルカ（Francesco Petrarch, 1304-74）によって詠まれた恋愛詩（*Canzoniere*, 1347）に影響を受けたソネット形式の詩が大流行した。シェイクスピアはもちろん、エドマンド・スペンサー（Edmund Spenser, c. 1552-99）やフィリップ・シドニー（Sir Philip Sidney, 1554-86）など、多くの詩人たちがこぞってペトラルカ風の恋愛詩を書いた[3]。

　ペトラルカ風恋愛において、求愛者の男性は手の届かない女性に恋をし、叶わぬ想いを抱えながら、まるで病にかかったかのように死ぬほど悩み苦しむという特徴がある。恋愛対象となる女性は、求愛者の男性に冷酷な態

度をとる。それゆえ、男性側の想いが相手の女性に受け入れられることは決してない。振り向いてもらえない片想いに身を焦がし、相手の冷たい態度に落胆し、苦しみながらも諦めきれずに思い悩む男性は、恋の病にかかったメランコリック・ラヴァーと呼ばれ、涙にくれ溜息をつき、日の光を嫌い、夜の暗闇を好み、人目を避け独りになりたがるという傾向を持つ[4]。このようなペトラルカ風の恋愛をしている男性の様子は、モンタギューやベンヴォーリオの語るロミオの様子そのものである。

また、ペトラルカ風恋愛の表現には、相容れない意味や概念の語句を組み合わせる矛盾語法(oxymoron)という特徴がある[5]。それは、モンタギューに頼まれ、ふさぎ込んでいる理由を探ろうとして話しかけたベンヴォーリオへのロミオの返答に顕著である。

> Why then, O brawling love, O loving hate,
> O anything of nothing first created;
> O heavy lightness, serious vanity,
> Mis-shapen chaos of well-seeming forms,
> Feather of lead, bright smoke, clod fire, sick health,
> Still-waking sleep that is not what it is:
> This love feel I, that feel no love in this.
>
> (1. 1. 172-78)

ああ、だから、争いながらの恋、愛ゆえの憎しみ、
ああ、もともとは無から生まれたもの、
ああ、重く沈む軽い浮気心、まじめな軽薄さ、
見た目は美しくできているものの中にあるゆがんだ混沌、
鉛の羽根、輝く煙、冷たい炎、病的な健康、
眠っているのとは大違いの常に目覚めている眠り
こんな恋をしているんだ、そこには報いなどまったく感じられない。

3. 二人の一途な愛

　ロミオはロザラインへの叶わぬ恋を、ペトラルカ風恋愛の特徴である矛盾する意味を持つ語句の組み合わせを用いて表現している。いくら求愛してもまったく振り向いてもらえない自分のことを、身体的には「健康」(health) だが、精神的には悩み苦しむ「病的」(sick) な状態だと語る。本来なら鳥の「羽根」(feather) のように軽く心が浮き立つように感じられる恋も、報われないがゆえに重く沈んでいる (lead)。そこには、つれない態度をとる彼女に対して、「愛している」(loving) がゆえに「憎らしい」(hate) という矛盾した気持ちがある。その他の相容れない意味を持つ語句の組み合わせ (anything/nothing、heavy/lightness、serious/vanity、chaos/forms、bright/smoke、still-waking/sleep など) も、愛するがゆえに、その想いが報われない場合に感じる苦しみや憎しみという矛盾した気持ちを強調している。

　また、「争い」(brawling) と「恋」(love) という相容れない言葉の組み合わせも、ペトラルカ風恋愛ではしばしば見られる表現である。恋していることをベンヴォーリオに見抜かれたロミオは、想いを受け入れてくれないロザラインのことを次のように語る。

ROMEO

　A right good markman, and she's fair I love.

BENVOLIO

　A right fair mark, fair coz, is soonest hit.

ROMEO

　Well, in that hit you miss: she'll not be hit

　With Cupid's arrow, she hath Dian's wit;

　And in strong proof of chastity well armed,

　From love's weak childish bow she lives uncharmed[unharmed].[6]

(1. 1. 202-7)

ロミオ

III. 英米文学研究

　　まさにその通り、見事射抜いたな、彼女はとても美しい人だ。
　ベンヴォーリオ
　　ならば、目立つ的だ、すぐに射落とせるだろう。
　ロミオ
　　それが的外れ。彼女は決して
　　キューピッドの矢で射抜かれはしない、月の女神ダイアナの知恵を
　　持っていて
　　堅い純潔の鎧を身にまとっている、
　　恋の神のお子さまのような軟な弓では惑わされたりしない［傷一つ
　　負わない］。

　'fair' の言葉遊びから始まる二人のやり取りは、「的（fair）」や「射抜く（hit）」、「矢」（arrow）と「弓」（bow）、「鎧」（proof）、「身を固める・武装する」（armed）など、争いに関するイメージが多く用いられている。また、月の女神ダイアナ（Dian）は、純潔の女神でもあり、その身を恋の神キューピッドの矢から守るため、堅い鎧を身に付けている。それゆえ、決してその矢に当たることはなく（unharmed）、恋に落ちることもない（uncharmed）。そのような女神同様、ロザラインも決してロミオの想いに応えることはないのだ。当時よく知られていたペトラルカ風恋愛の常套表現でもある「争い」と「恋」という隠喩を用いてロザラインを表現していることから、彼女はペトラルカ風恋愛におけるヒロインであり、ロミオの恋が報われないのは明白である。
　さらに注目すべきは、ロミオの想い人であるロザラインは一度も舞台上に姿を現さないということである。台詞の上では登場するが、人物としては登場しない。つまり、ロミオは実体のない女性に恋焦がれているといえる。病にかかっているような苦しみを抱えたロミオの恋は、まるで実体のない非現実的な恋であることを暗示している。ロミオがロザラインへの恋を語るとき、その言葉には矛盾語法や、恋と争いという詩的な奇想

(conceit) が溢れており、ペトラルカ風恋愛詩の典型的な表現がふんだんに用いられている。それらは多分に技巧的であり、形式的な印象を与え、大袈裟で非現実的であり、時には、滑稽にさえ思われる。このようなペトラルカ風恋愛特有の伝統で描かれたロザラインへの恋は、ロミオにとって実体も実感もともなわない偽りの恋といえよう。事実、ジュリエットに出逢い、想いを通わせることができる現実的な恋を知ったロミオの口からは、ペトラルカ風の技巧はすっかり影を潜めていくことになる。

　ロザラインへの恋の苦しみを和らげるためにと、ベンヴォーリオに誘われ、キャピュレット家の舞踏会に忍び込んだロミオは、ジュリエットに出逢う。一目で恋に落ちたロミオは自分を巡礼者に喩えて、彼女に話しかける。

ROMEO

　If I profane with my unworthiest hand

　This holy shrine, the gentle sin is this,

　My lips, two blushing pilgrims, ready stand

　To smooth that rough touch with a tender kiss.

JULIET

　Good pilgrim, you do wrong your hand too much,

　Which mannerly devotion shows in this,

　For saints have hands that pilgrims' hands do touch,

　And palm to palm is holy palmers' kiss.

ROMEO

　Have not saints lips, and holy palmers too?

JULIET

　Ay, pilgrim, lips that they must use in prayer.

ROMEO

　O then, dear saint, let lips do what hands do;

They pray, grant thou, lest faith turn to despair.
JULIET
Saints do not move, though grant for prayer's sake.
ROMEO
Then move not while my prayer's effect I take.
He kisses her

(1. 4. 206-19)

ロミオ
　もし私の卑しい手が
　この聖なる御堂を汚したのであれば、優しい罪はこのとおり、
　顔を赤らめた二人の巡礼者のごとく、私の唇は、ここに控えて
　そっと口づけし、手がつけた手荒な傷を滑らかに清めましょう。
ジュリエット
　巡礼者さま、それではあなたの御手があんまりにお可哀そう、
　こんなにも礼儀正しく敬虔なお心を示していらっしゃいますのに。
　聖者の手は巡礼たちの手が触れるためのものですから、
　手と手の触れ合いは聖なる巡礼の口づけ。
ロミオ
　聖者には唇がないのでしょうか、巡礼者にはあるのに？
ジュリエット
　ええ、巡礼者さま、お祈りを唱えるための唇ならあります。
ロミオ
　ああ、それならば、聖者さま、手がすることを唇にもお許しください。
　唇が祈っております、どうか、信仰が絶望に変わることがありませんように。
ジュリエット
　聖者は動かないものです、祈りのために許しはしても。

3. 二人の一途な愛

ロミオ
　では、動かないでいてください、私の祈りが叶えられるまで。
　　ロミオはジュリエットにキスをする

　ロミオとジュリエットのこのやりとりは、交互に脚韻を踏み、最後は二行連句（couplet）で終わる、ソネットと呼ばれる14行詩になっている。先にも触れたが、これは当時イギリスで流行したペトラルカ風恋愛詩で用いられた形式であるが、注目すべきは、ロミオがジュリエットの身体に直接触れているという点である。ロミオは話しかけながら、まず、ジュリエットの手に触れ、14行詩の最後には、唇に触れてキスしている。ペトラルカ風恋愛では、女性がつれない態度をとるので、求愛者の男性が女性に触れることはできない。それゆえ、男性側の欲望が満たされることも決してない。ここで、ロミオがジュリエットに触れ、キスをすることは、今度のロミオの恋はペトラルカ風恋愛ではなく、実体を伴う現実的な恋であることを示している。自分を巡礼者に、相手を聖者に喩える表現もペトラルカ風恋愛によく見られるモチーフであるが[7]、14行詩をロミオとジュリエットの二人で作り上げているという点からも、二人の想いが通い合うことを示唆している。

　ペトラルカ風恋愛では、男性の想いが女性に受け入れられることは決してない。その意味でも、ロザラインへのロミオの恋は、典型的なペトラルカ風恋愛であり、その恋愛詩の伝統にならった技巧的な表現からも、また、ロザラインが実際に登場しない点からも、実体の伴わない非現実的で不毛な恋といえる。それに対して、ジュリエットへのロミオの恋は、手の触れ合いとキスという男性側の欲望が満たされていること、また、ジュリエットとロミオの二人で交互に言葉を交わしながらソネットを謳い上げていることから、直接相手に触れ、その温もりを感じられるような実感をともなう現実的な恋である。シェイクスピアは、当時流行っていたペトラルカ風恋愛の伝統を用いながら、ロザラインへの偽りの恋を描くことで、二つの

恋の違いを浮き彫りにし、ジュリエットへの本物の恋を強調している。また、ロミオとジュリエットの出逢いでは、ソネット形式や、巡礼者と聖者という典型的なモチーフを使い、ペトラルカ風恋愛詩の特徴に沿いながらも、二人は14行詩を語り、身体的な接触をするというペトラルカ風恋愛の慣習から逸脱することで、ロミオとジュリエットが想い想われる恋人同士になることを示しているといえよう。

2. ジュリエットの決意：ロミオへの真心の証

　舞踏会の後、いわゆる「バルコニーの場面」（2. 1. 44-235）で互いの想いを確かめたロミオとジュリエットは、ロレンス神父のもとで密かに結婚式を執り行う（2. 5.）。そのわずか一時間後（3. 1. 112-13）、幸せの絶頂にいる二人に思いも寄らない不幸がふりかかる。ジュリエットの従兄ティボルトがロミオの親友マキューシオを殺した報復として、ロミオがティボルトを殺してしまう（3. 1. 122-31）。ロミオは自分が犯した罪と、それに対して下されたヴェローナ追放という罰に取り乱し自暴自棄になるが、ロレンス神父や乳母に諭され、結婚後初めての夜を過ごすためにジュリエットの元へ向かうことにする（3. 3.）。従兄の死と、その罰でヴェローナを追放処分となった夫ロミオのことを聞き、ジュリエットは嘆き悲しむが（3. 2.）、ロミオとの初めての夜を過ごす。朝になり他の人に姿を見られないようにロミオを送り出した後、従兄の死を悲しむジュリエットを少しでも慰めようと、ロミオとの結婚を知る由もないキャピュレットは、ジュリエットとパリスの結婚を明後日の木曜に行うと強引に決めてしまう（3. 5.）。

　パリスとの結婚の意志がないことをキャピュレットに聞き入れてもらえず、また、ロミオとの結婚を知っている乳母にもパリスとの結婚を勧められたジュリエットは、最後の頼みの綱としてロレンス神父の元を訪れ、助けを請う。

3. 二人の一途な愛

If in thy wisdom thou canst give no help,
Do thou but call my resolution wise,
And with this knife I'll help it presently.
God joined my heart and Romeo's, thou our hands;
And ere this hand, by thee to Romeo's sealed,
Shall be the label to another deed,
Or my true heart with treacherous revolt
Turn to another, this shall slay them both.
(4. 1. 52-59)

もし神父さまのお知恵でもどうにもならないのなら、
どうかわたしの決意を賢明だと言ってください。
そうすれば、この短剣ですぐにでもその決意を遂げてみせます。
神さまが私とロミオの心を、神父さまが私たちの手を結んでくださいました。
ですから、この手が、神父さまによってロミオの手と結ばれた手が、
他の方との結婚という契約の証になるのなら、
私の真心が裏切りを働き、
他の方に寝返るのなら、この短剣で心も手も両方始末してしまいます。

　ジュリエットは、何としてもパリスとの結婚を避けたいと願っている。それは、秘密裡にではあるが、すでにロミオと結婚しているからであり、そのうえでパリスと結婚することはできないからだ。重婚の罪を避けるためという理由もあるだろうが、ジュリエットの訴えからは、それ以上に、ロミオへの真心として貞節を守りたいという想いが聞こえてくる。
　ジュリエットは、ロミオとの結婚を神の前で誓った神聖なもの (God joined my heart and Romeo's) として重んじている。そのため、他の男性との結婚 (the label to another deed) は、誓いをたてた神への裏切りとなり、それは同時に、ロミオへの貞節を失う行為にもなる。夫への真心

の証である貞節を失うことは、彼女が妻として最も避けたいことでもあるのだ。それが叶わないのであれば、死を辞さない (this shall slay them both) という決意 (my resolution) には、彼女のロミオへの一途な愛と、最後までロミオの妻として添い遂げたいという強い意志が感じられる。

ロミオとジュリエットは、ロミオがマンチュアへ旅立つ直前、共に一夜を過ごしていることから、すでに正式な夫婦となっているといえる。その意味で、パリスとの結婚の危機に直面しているジュリエットは、年齢は14歳にも満たず幼いが (1. 3. 13-19)、精神的には、ロミオに恋する乙女というよりは、結婚して妻となったという自覚を持つ大人の女性であるといえるだろう。それゆえ、ジュリエットは、妻として夫に対する誠実さの証であり、また、女性にとって最も大事なものとしての貞節を守ろうとしている[8]。このようなジュリエットの態度は、貞節を女性の最大の美徳であり名誉とみなした当時のイギリスの女性観を反映している。

当時のヨーロッパで著名だったスペインの人文学者ホアン・ロドヴィコス・ヴィヴェス (Juan Luis Vives、1492/3-1540) は、メアリー1世の王女時代の教育指針として、『キリスト教徒の女性の教育』(*De Institutione Feminae Christianae*, 1523) を執筆し、彼女の母であるキャサリン・オヴ・アラゴンに献上した。この教育書の中で、ヴィヴェスは、父権制社会において理想的な女性とはどうあるべきかを説いており、その教えは当時のイギリスでも広く知られていた。

ヴィヴェスは、結婚前の若い女性に対する教えの中で「貞節は、いわば、女性の美徳の女王」(chastity is, so to speak, the queen of female virtues) と記している[9]。寡黙や慎ましさ、従順など、女性が持つべきとされたさまざまな美徳の頂点に君臨するものとして貞節を「女王」に喩えている。このことから、貞節は女性にとって最も尊い美徳であるとみなしていることがわかる。それゆえ、「貞節を失った女性には何も残らない」(nothing remains to a woman who has cast away her chastity) と警告している[10]。

貞節が、女性にとって守るべき名誉とみなされるほど重要な美徳であっ

たことは、シェイクスピアの他の作品にも見受けられる。『お気に召すまま』(*As You Like It*) で、追放された父のことを心配し悲しみに沈むロザリンドを励まそうとしている従妹のシーリアにロザリンドは何か楽しい遊びで気晴らしをしようという。

    Cel.
        Therefore, my sweet Rose, my dear Rose, be merry.
    Ros.
        From henceforth I will, coz, and devise sports. Let me
        see—what think you of falling in love?
    Cel.
        Marry, I prithee do, to make sport withal. But love no man in good
        earnest, nor no further in sport neither, than with safety of a pure
        blush thou mayst in honor come off again.
                                                                             （1. 2. 22-29）

    シーリア
        だから、愛しいローズ、私の大切なローズ、元気をだして。
    ロザリンド
        今からはそうするわ、では、何か遊びを考えましょう。そうね—
        恋をするのはどうかしら？
    シーリア
        いいわ、どうぞ楽しんで。でも、本気で男の人に恋してはダメ、
        遊びでもほどほどにしないと、顔をほんのり赤らめる程度にして、
        身は清らかなままでいないと。

悲しみを紛らす気晴らしの「遊び」（sports）として、恋に落ちる（falling in love）ことを提案したロザリンドに、シーリアは当時の女性が心得ておくべき大切なことを述べている。シーリアの使っている 'honor' は、「（女

性の）最も重要とみなされる美徳としての貞節・純潔、またそれゆえの名声・評判」という意味で、当時広く用いられていた[11]。このことから、シーリアは、遊びで恋をするとしても乙女の純潔を失うほど深入りしてはいけないと忠告している。それは、当時の父権制社会が女性の純潔・貞節を名誉と呼ぶくらい重要視していたことによる。このような 'honor' の使い方は、『テンペスト』(*The Tempest*) にもみられる。ずっと面倒を見てやってきたキャリバンが娘ミランダを襲おうとしたことを、プロスペローは「わしの岩屋に住まわせてやったのに、おまえは娘の名誉を辱めようとした」(…and lodg'd thee/ In mine own cell, till thou didst seek to violate/ The honor of my child.：1．2．346-48) と咎めている。この時のプロスペローが言う「名誉」(honor) とは、ミランダの純潔のことである。

　ヴィヴェスが唱えたように、結婚に際して、未婚の若い女性にとって純潔を守ることは、清らかな身であることがその女性の評判を高め名誉となるために、重要であった。それゆえ、ヴィヴェスは著書の中で、女性にとって貞節が最も重要な美徳であると繰り返し説いている (In a woman, chastity is the equivalent of all virtues) [12]。

　また、貞節は、結婚後も、女性にとって重要な美徳とされていた。ヴィヴェスは、既婚女性にとって最も重要な二つのものとして、夫への愛と並べて貞節を挙げている (These two virtues are chastity and great love for one's husband) [13]。そのうえで、さらに、貞節は未婚女性にとってよりも、既婚女性にとって、むしろより大きな意味を持つと説く。

> Chastity must be greater in a married woman than in an unmarried one, for if you pollute and violate it now (God forbid!), see the harm you do to many […] In the first place, you harm two persons, than whom none should be greater, better, or dearer to you: God, by whose authority you were joined and by whose divinity you swore to the purity of the marriage bed; and after him your husband, next

3. 二人の一途な愛

to God, to whom you dedicated yourself and to him alone, in whom you violate all loves and loyalties.[14]

貞節は、未婚女性より、既婚女性にとって、より重要なものとされなければならない。なぜなら、もしあなたがそれを汚し踏みにじれば(神はお許しにならない！)、あなたは多くの人に害をなすことになる[…] まず、あなたはこの二人を害することになる、あなたにとって彼ら以上に偉大で、優れていて、大切な人物など他にいないような二人：まず、神である、その権威によって、あなたは結ばれ、その神聖さにかけて、結婚の床の純潔を誓ったのだ。その次に夫である、その夫に、彼だけに、あなたは自分自身を捧げたが、その人のあらゆる愛と誠実な心をあなたは踏みにじることになる。

ヴィヴェスは、妻が貞節を失い夫を裏切ることは、神によって結ばれた結婚を汚し、神への誓いに背く行為であるとして、妻が貞節を守ることの重要さを説いている。貞節は女性の名誉という観念から、貞節な妻は夫の名誉ともみなされた。妻が貞節を失えば、名誉を失うことになり、それはまた、夫の名誉をも傷つけることになるのだ。その意味で、ヴィヴェスは神と夫の両者を傷つける（harm）と説いている。この教えは、神への忠誠とロミオへの真心の証として、また、女性の持つべき最も尊い美徳と名誉として貞節を守りたいというジュリエットの声の中にも響いている。

　結婚した女性にとって、夫に忠節を尽くすという意味で貞節を守ることは最も重要とされた[15]。貞節を失うことは、命を失うことにも等しい例として、ヴィヴェスは、当時、貞節の鏡として広く知られ、シェイクスピアも『ルークリースの凌辱』（*The Rape of Lucrece*）と題して詩作している、ルクレティアを挙げている[16]。タークウィンに辱められたルクレティアは、自ら命を絶つ。彼女は汚された身体を滅することで、夫コラタインへの忠節な心の証をたてたとされ、女性が見習うべき貞節の手本とされていた。

III. 英米文学研究

　ルクレティアは自ら命を絶つことで、身体は汚されたが、夫への心の貞節は守ったのである。

　パリスとの結婚を強要されているジュリエットは、まさにルクレティアのような状況に陥る寸前といえよう。その意味で、ジュリエットが二度目の結婚を回避できなければ、死をも辞さない覚悟をしていることは、夫への貞節を貫く妻としての決意の表れである。同時に、その強い決意から、貞節という女性の美徳と名誉を守り、夫の名誉も守ろうとしているジュリエットの一途な想いが伝わってくる。

　ジュリエットの決意の強さと覚悟を目の当たりにしたロレンス神父は、仮死状態になる薬をもちいた救済方法を提案する。ジュリエットは、その提案の実行を決意する―「大切な夫ロミオのけがれない妻でいるために」(To live an unstained wife to my sweet love. : 4. 1. 88)。

　パリスとの結婚前夜、ジュリエットはロレンス神父に言われた通り、独りで自室にこもり、薬の小瓶を手にする。

>　My dismal scene I needs must act alone.
>　Come, vial. What if this mixture do not work at all?
>　Shall I be married then tomorrow morning?
>　No, no! This shall forbid it. ― Lie thou there. ―
>　　　*She lays down a knife.*
>
>　　　　　　　　　　　　　　　　　　　　　(4. 3. 19-22)

この恐ろしい一場は私独りで演じなければ。
さあおいで、薬の小瓶。もしこの薬が効かなかったらどうしよう?
明日の朝には結婚させられてしまう?
いいえ、いや! この短剣がそんなこと許さない。―お前はここにいて―

　　　短剣を置く

薬の効き目を不安に思い、万が一失敗した場合に備え、短剣を用意していることから、ロレンス神父を訪れた時と同様、パリスとの結婚が回避できなければ死ぬ覚悟であることがわかる。この後、目覚めるタイミングがずれて真っ暗な霊廟の中で恐ろしい思いをするのではないかと、さまざまな恐怖がジュリエットの心によぎるが、その恐怖に打ち勝ち薬を飲む。

　危険な賭けとも思える方法を実行できたのは、夫ロミオへの貞節を貫くため、また、それに伴う自分の名誉とロミオの名誉を守りたいという思いからであろう。そのようなジュリエットの行動の根底には、妻として最後までロミオと添い遂げたいという願いと意志が見て取れる。言い換えれば、「愛よ、私に力を与えて、その力が実行を手助けしてくれる」とジュリエットがいうように、ロミオへの一途な愛がジュリエットに成し遂げる勇気と強さを与え、彼女を動かしているといえるだろう（Love give me strength, and strength shall help afford.：4.１.125）。

　ロレンス神父の薬を飲んだジュリエットは、翌朝、冷たくなった姿で乳母に発見される。薬の効果で仮死状態になっているとは知らず、キャピュレット夫妻や乳母たちはジュリエットが死んでしまったとして葬式を行い、家の霊廟に安置する。

　パリスとの結婚を避け、ロミオと共にいられるようにとロレンス神父が一縷の望みをかけて考え出した救済方法だが、上手くはいかない。疫病のために事の仔細を告げる手紙がロミオへ渡っていなかったことを知り、ジュリエットを助けようと慌てて霊廟にやって来ていたロレンス神父は絶命しているロミオを見つける。その直ぐ後、目覚めたジュリエットに、神父はロミオの死を告げ（Thy husband in thy bosom there lies dead.：5.３.155）、墓から出るように促すが、彼女はきっぱりと断る（Go, get thee hence, for I will not away.：5.３.160）。ここにも、最後までロミオと共にありたいというジュリエットの意志と、ロミオへの想いの強さが見て取れる。

　傍らで横たわるロミオの様子と、その手に握られている杯を見て、何が

起きたのかを悟ったジュリエットは、即座に死を決意し毒薬を飲もうとするが、杯に残っていないことを知り、ロミオの唇には残っているのではないかと、キスをする (5. 3. 161-66)。この時の「唇はまだ温かい」(Thy lips are warm.：5. 3. 167) というジュリエットの台詞は、ロミオの死とジュリエットの目覚めに時間的な差があまりないことを示している。触れた唇の温もりがまだ感じられるくらい僅かな時間しか経っていない。この直後、物音に気付いたジュリエットは、人が入ってきて止められないうちにと、短剣で自らの命を絶つ (Yea, noise? Then I'll be brief.：5. 3. 169)。ジュリエットは、ロミオと最期を共にするために死を選ぶことに恐怖を感じたり、迷ったりはしない。ロミオの死からジュリエットの目覚め、そしてジュリエットの死までの時間の短さと出来事の展開の速さは、ジュリエットの死に対する即座の決意だけでなく、その意志の堅さとそれを実行する果断さを強調しているように感じられる。そして、このようなジュリエットの決意と行動の原動力となっているのが、ロミオへの一途な愛といえよう。

　シェイクスピアは、女性の貞節を最も重要な美徳とみなす当時の女性観を、パリスとの結婚を避けるために死をも辞さない覚悟と、救済方法として仮死状態になる薬を飲む決断とその決行という、ジュリエットの一連の行動の中に反映させている。それによって、夫ロミオへの真心の証である貞節を守り、最後まで、けがれのない妻でいたいというジュリエットの切なる願いが浮かびあがり、彼女のロミオへの真っ直ぐでひたむきな想いが強く感じられるのである。

3. ロミオの覚悟：夫として男性として

　密かに結婚し、幸せの絶頂にいるロミオとジュリエットを絶望の淵に落とすかのような出来事が、ロミオによるティボルト殺害である。この出来事の直後、ロミオは狼狽え、泣き、自らを殺めようとするなど、すっかり男らしさを失くしてしまうが、ジュリエットの訃報を耳にしたときには、

3. 二人の一途な愛

男として、また、夫として、ジュリエットと共にいるために命を絶つことを素早く決断し、実行に移す。当時の男性にとって名誉とされた勇気や男らしさという考えを背景として、このようなロミオの変化をとらえると、妻を守り抜くという夫としての覚悟と、最後までジュリエットと添い遂げたいというロミオのジュリエットへの一途な想いが明確に浮かび上がる。

　マキューシオを殺されたことで、ティボルトに復讐を挑み殺害してしまったロミオは、事の重大さと、それに対するヴェローナ追放という処分に取り乱し、死を選ぼうとする。

> Ha, banishment? Be merciful, say 'death';
> For exile hath more terror in his look,
> Much more than death. Do not say 'banishment.'
>
> (3. 3. 12-14)

え、追放ですか？　どうか御慈悲を、「死刑」と言ってください。
追放には、恐ろしいものがみえる、
死よりもはるかに恐ろしいものが。ですから、どうか「追放」と言わないで下さい。

　大公の寛大な処分である追放を、死ぬより恐ろしい処分であると述べる理由は、ジュリエットのいない世界で生きなければならないからである。ロミオにとって、ジュリエットが住むヴェローナが天国（Heaven is here/ Where Juliet lives：3. 3. 29-30）であり、そこ以外にロミオの生きられる世界はなく、ジュリエットのいない場所は、ロミオにとって「煉獄、拷問、地獄そのもの」にほかならない（There is no world without Verona walls,/ But purgatory, torture, hell itself.：3. 3. 17-18）。ロミオにとって、追放され、ジュリエットに会えず触れることもできない世界で生きることは、死よりも恐ろしく、拷問のように耐え難いことなのである。それゆえに、ジュリエットのいる世界で生きられないならば、追放して命

を長らえるより、死んだほうがましだと嘆く。この時のロミオは、死を、ジュリエットのいない世界を生きる苦しみから逃れるための逃げ道にしているといえる。

　自暴自棄になって短剣で自らを刺そうとするロミオを見て、ロレンス神父は、夫として男性として情けないと叱責する。

      Hold thy desperate hand!
  Art thou a man? Thy form cries out thou art.
  Thy tears are womanish; thy wild acts denote
  The unreasonable fury of a beast.
  Unseemly woman in a seeming man,
  And ill-beseeming beast in seeming both.
             （3. 3. 107-12)
    自棄になっているその手をおろしなさい！
それでもお前は男か？確かに姿形をみれば男だが、
その涙は女のようだ、お前の取り乱した振る舞いは
まるで理性のきかない獣が狂い暴れているかのようだ。
見かけは男だが、その中身はなんと見苦しく女々しいのか、
見た目は男でも女でも、中身はそれにそぐわない獣ではないか。

　ロレンス神父は、理性を失い冷静な判断ができずに、ただ苦しみから逃れようと自ら命を絶とうとするロミオを、見苦しい「女」(womanish、Unseemly woman) や「獣」(ill-beseeming beast) に喩えている。そこには、男性は理性や知性、物事を判断する思慮分別、物事を成し遂げる行動力や勇気などを持ち合わせており、女性より優れている、とする当時の男女観が表れている[17]。したがって、理性や知性、思慮分別や勇気、行動力は男性的なもの、激情や涙、恐れなど感情的なものは女性的なものとみなされた。その意味で、獣も、理性や知性を持ち合わせている人間とは対照

3. 二人の一途な愛

的な存在とされる。ロレンス神父は、追放を嘆き涙にくれながら自棄になって自殺しようとするロミオの行為を、理性も思慮分別もない（unreasonable）女性や獣のような振る舞いに喩え、男らしくないと叱責する。この場合の男らしさとは、先に触れた当時の男女観から、知性にあふれ理性的で冷静な判断力をもち、物事を遂行できる実行力と勇気を持ち合わせているということになる。

　ロレンス神父は、ロミオの理性を欠いた行いはジュリエットにも影響すると付け加え、ロミオの愚行を止めようとする。

> Hast thou slain Tybalt? Wilt thou slay thyself,
> And slay thy lady, that in thy life lives,
> By doing damnèd hate upon thyself?
>
> 　　　　　　　　　　　　　　　　　　（3. 3. 115-17）
>
> お前はティボルトを殺したな？そのうえ、自分自身をも殺そうというのか、
> それに、お前を自分の命のように思っているジュリエットまで殺すのか、
> 自分自身に手をかけるというおぞましい行為によって？

　ロミオが命を絶てば、ジュリエットも生きてはいないだろう。なぜなら、ジュリエットは、ロミオが生きていることで命を繋いでいるからである（the lady, that in thy life lives）。ロレンス神父はさらに言葉を続けて、ロミオの愚行は、おのれの「容姿や愛、そして理性」（thy shape, thy love, thy wit：121）を蔑ろにする行為であり、「男らしい勇気」（the valour of a man：126）を失っていると説く（3. 3. 118-26）。そして、夫としても妻に対して背いていると諭す。

III. 英米文学研究

  Thy dear love sworn but hollow perjury,
  Killing that love which thou hast vowed to cherish.
              (3. 3. 127-28)
 お前が固く誓った愛も虚しい偽りの誓約にすぎないものとなる、
 大切にすると誓った恋人を殺してしまうのならば。

 ロミオが自棄になって命を絶つことは、ジュリエットの命を奪うことにもなり、それは、夫が妻に対して誓った愛を裏切る（perjury）行為にも等しい。理性を欠き男らしさを失っているロミオは、ジュリエットに対して、夫としての守るべき誓いに背き、誠実な真心を尽くしていないといえる。
 ロレンス神父に、理性を欠き男らしくないと咎められたロミオだが、実は、その前に、ロミオ自身の口から、男らしさを失くしたことが語られる。マキューシオとティボルトが争いを始めた時、それを止めようとして二人の間に割って入ったロミオの行為が災いし、マキューシオは殺されてしまう。わずか一時間前にロミオはジュリエットと密かに結婚している。それゆえ、ティボルトはロミオにとって親戚であるため、争いを避けようと、ロミオは闘う二人を止めに入ったのである。ところが、そのせいでマキューシオが死んだことを知ったロミオは自責の念から、ジュリエットの美しさが、自分を気弱にし、鋼のような勇気を軟なものにしたと言う（O Sweet Juliet,/ Thy beauty hath made me effeminate, / And in my temper softened valour's steel.:3. 1. 113-15）。剣を取らなかったのは、ジュリエットへの愛ゆえであるが、その愛によって自分は気弱な男になり、戦いに挑む男らしい強い勇気も失くしてしまったと嘆いている。戦う勇気や勇ましさは、当時の男性が持つべき男らしさであり、名誉でもあったことから、この時のロミオは、男らしさだけでなく、その名誉も失っているといえよう。その後、すでに触れたように、理性を失った振る舞いによって男らしさのかけらもないとして、ロミオはロレンス神父に叱責されるのだ。

3. 二人の一途な愛

　勇気と男らしさを失ったのはジュリエットへの愛ゆえだとロミオは述べているが、それを取り戻せたのも、また、ジュリエットへの愛ゆえである。

　ロレンス神父や乳母に諭され、ジュリエットとの一夜を過ごした後、ロミオはマンチュアへ旅立つ。その地で、ロレンス神父からの近況報告を待つロミオに、思いも寄らない知らせが舞い込む。ジュリエットの訃報である。それを聞いたロミオは、即座にジュリエットの元へ向かい、共に命を絶つ決意をする（Well, Juliet, I will lie with thee tonight.：5. 1. 34）。この時、ロミオは、訃報を知らせに来た従者バルサザーに、ヴェローナに向かうための早馬の手配や、父へ手紙を書くためのインクと紙の用意など、非常に手際よく冷静に指示を出している（5. 1. 25-26）。

　さらに、ロミオは、ジュリエットの後を追って命を絶つために、即効性のある毒薬を手に入れる。その毒薬を、ロミオは「毒ではなく、命の薬」と呼んでいる（Come, cordial and not poison.：5. 2. 85）。ロミオにとって、もうこの世にいないジュリエットの元へ運んでくれる毒薬は、彼女と共に死の世界で生きられる薬である。その意味で、命を絶つ毒薬は、ロミオにとっては命を与える妙薬といえる。この時のロミオは、死を、苦しみからの逃げ道ではなく、ジュリエットとの愛を守り抜くための手段として自ら選んでいる。

　ジュリエットの訃報を聞いた後の、バルサザーへの指示や毒薬の入手などにみられるロミオの行動はとても素早く、そこに迷いも逡巡も感じられない。その様子から、ジュリエットと共に永遠に眠るというロミオの決意の強さがうかがえる。そして、その決意は、ジュリエットと最後まで添い遂げようとする一途な想いの表れであるといえよう。ロレンス神父の庵で自棄になっていたロミオであれば、ジュリエットの訃報を聞いただけで取り乱していたであろう。だが、ロミオはもう、以前のロミオではない。冷静な判断力と理性を取り戻し、死をも恐れない勇気を備えている。この点において、ジュリエットとの成り行きなど事の仔細をしたためた手紙をロミオが父に残していることは、注目に値する。自暴自棄になっていたロミ

オでは、冷静に目の前の現実を把握し、それまでのいきさつを綴るという理性的な行為はできないであろう。ロミオは、キャピュレット家の霊廟の前で別れるバルサザーにこの手紙を託すのだが、朝になってから届けるように言っていることからも (5. 3. 23-24)、自ら決意した事を成し遂げてから事情がつまびらかになるように計らっていることがわかる。このようなバルサザーへの指示からも、ロミオの理性と冷静さ、そしてジュリエットと最後まで共にいようという強い覚悟が見て取れる。

　当時の男性にとっての名誉である男らしさと勇気の回復は、ジュリエットへのロミオの一途な愛ゆえに成されたものである。ロミオは、ジュリエットを愛するがゆえに、争いを避けたことで、マキューシオを失い、ティボルトを手にかけ、その罰としての追放に取り乱し、男らしさも勇気も失くしてしまう。しかし、その後、ロレンス神父が諭したように、夫として妻を守り抜くという覚悟を持ち、ジュリエットと添い遂げたいという一途な想いから、男らしさと勇気を取り戻す。ジュリエットへの愛ゆえに弱く女々しくなったロミオを、再び強く勇敢にしたのも、また、ジュリエットへの愛なのである。

おわりに

　敵対する家同士に生まれたことは不運だが、ロミオとジュリエットは、その悲運に翻弄されたのではなく、それぞれの意志をもって、互いへの一途な愛を守り抜くためにひたむきに生きた。それは、最後まで添い遂げたいという想いが、二人を動かしていたからである。それゆえ、死という結末も、不幸な運命の結果ではなく、二人が自ら選んだ決断といえる。

　シェイクスピアは、当時流行していたペトラルカ風恋愛の特徴や慣習を用いて非現実的で不毛な恋と対照的に描くことで、互いに触れた温もりを感じられるようなロミオとジュリエットの現実的な愛を際立たせている。また、女性にとって名誉という貞節や、男性にとっての勇気や男らしさという当時の観念を背景にし、二人の一途な愛と、その真っ直ぐでひたむき

な生き方を、よりはっきりと明確に浮かびあがらせた。

　ロミオとジュリエットが共に死の床についたのを知った両家には、悲しみと絶望しか残されていないように見える。子供を亡くしたというだけでなく、両家にとっては、それぞれが唯一の跡取りだったため、子孫を残せず、家の断絶が避けられないからだ。

　しかし、本当に悲しみと絶望しか残らないのだろうか。確かに、それぞれの家という枠からみれば、血縁が途絶えることは耐え難いことだろう。だが、それと引き換えに二人の残した両家の和平がもたらすのは、家の存続以上に価値のあるものではないだろうか。先に触れたロミオの手紙がそれを示唆している。二人の死後、この手紙によって事の次第が明らかにされることで、両家にさらなる禍根が残るのを防いでいる。マキューシオを殺されたことで、ロミオはティボルトを殺害してしまった。そのために追放処分になったが、不満の残るキャピュレット夫人は甥を亡くした悲しみと憎しみから、ロミオに追っ手を送り、仇をとろうと言う（3. 5. 87-92）。このように、憎しみはさらなる憎しみを呼び、復讐の連鎖へと連なる。もし、ロミオの手紙がなかったら、ロレンス神父やバルサザーの説明は信憑性を欠き、両家は彼らの話を信じることができず、さまざまな憶測で、長年の遺恨もそれに乗じて、報復の争いを招くかもしれない。そうなれば、ヴェローナの人々も町も巻き込まれることになるだろう。しかし、ロミオの手紙によって、ロレンス神父とバルサザーの話は裏付けられるため、ロミオとジュリエットの愛が真実であり、二人が神の前で誓いをたてた夫婦であることを両家は認めざるを得ない（5. 3. 286-90）。ロミオの手紙は、事実を告げるだけでなく、両家の無用な争いを防ぎ、町の平和を守ったともいえるのである。

　両家に和平がもたらされ、町に安寧が訪れることになろうとも、やはり、ロミオとジュリエットをはじめ、多くの若い命を失った直後の悲しみは大きい。太陽も若者たちの死を悼むかのように顔を出さない（5. 3. 305-6）。しかし、どんなに厚い悲しみの雲に覆われても、その向こうにある陽

III. 英米文学研究

光は、いつか必ず地上に射し込む——ロミオとジュリエットが和平という希望を、争いの絶えなかった両家に、ヴェローナの町に、一筋の光として射し残したように。

注

1)『ロミオとジュリエット』の原文引用は、*The Oxford Shakespeare Romeo and Juliet*, ed. by Jill. L. Levenson (Oxford: Oxford University Press, 2000) 基づく。それ以外の作品は、*The Riverside Shakespeare*, ed. by G.Blakemore Evans(Boston: Houghton Mifflin, 1974)から引用した。また、劇作品に付した日本語訳は拙訳である。その際、参考文献にあげた翻訳本を参考にした。

2) ベンヴォーリオは、「スズカケの森」(the glove of sycamore. 1. 1. 117)でロミオを見かけたと言う。スズカケ(sycamore)という樹木は、シェイクスピアの他の作品においても、恋の病と関連して用いられている (*Love's Labour's Lost*：5. 2. 89；*Othello*：4. 3. 40)。

3) Lu E. Pearson, *Elizabethan Love Conventions* (Berkley: University of California Press, 1933; London: George Allen & Unwin, 1966), pp.35-47. Lisle C. John, *The Elizabethan Sonnet Sequences: Studies in Conventional Conceits* (New York: Columbia University Press, 1938; Russell & Russell, 1964), pp.18-26.

4) Lawrence Babb, *The Elizabethan Malady: A Study of Melancholia in English Literature from 1580-1642* (East Lansing: Michigan-State University Press, 1951; 1965), Chapter IV, pp. 128-42.

5) A. J. Earl, 'Romeo and Juliet and the Elizabethan Sonnets,' *English* 27 (1978), 99-119.

6) [ ] は筆者によるものである。矢や鎧など争いに関するイメージが多いことから、第2四折判の 'uncharmed' よりも、第1四折判の読みである 'unharmed' のほうがより適切かと思われる。

3. 二人の一途な愛

7) Francesco Petrarch, *Petrarch's Lyric Poems: The 'Rime sparse' and Other Lyrics*, ed. and trans. by Robert M. Durling (Cambridge, MA.: Harvard University Press, 1976), poem 16, pp. 50-51.

8) 頼母木　孝子、「十四歳の恋と言葉―ジュリエットの場合」、『想像力の飛翔―英語圏の文学・文化・言語』、手塚リリ子・手塚喬介編（北星堂書店、2003)、pp. 89-90.

9) Juan Luis Vives, 'Chapter X: On the Virtues of a Woman and the Examples She Should Imitate, Book I: Which Treats of Unmarried Young Women' in *The Education of A Christian Woman: A Sixteenth-Century Manual*, ed. and trans. by Charles Fantazzi (Chicago: The University of Chicago, 2000), p. 118.

10) Vives, 'Chapter VI: On Virginity, Book I: Which Treats of Unmarried Young Women' in *The Education of A Christian Woman: A Sixteenth-Century Manual*, p. 86.

11) '(Of a woman) Chastity; purity, as a virtue of the highest consideration; reputation for this virtue, good name' (*OED sb.* 3.a.).

12) Vives, 'Chapter VI: On Virginity, Book I: Which Treats of Unmarried Young Women,' in *The Education of A Christian Woman: A Sixteenth-Century Manual*, p. 85.

13) Vives, 'Chapter II: Two Points of Greatest Importance for the Married Woman in Book II: Which Treats of Married Women' in *The Education of A Christian Woman: A Sixteenth-Century Manual*, p. 180.

14) Vives, p. 180. 日本語訳は拙訳である。

15) 既婚女性の夫に対する貞節が重要視されたのは、正当な血筋を守るためでもあろう。妻が不貞をはたらいては、子供の嫡流が疑わしくなってしまうからである。

16) Vives, 'Chapter VI: On Virginity, Book I: Which Treats of Unmarried Young Women' in *The Education of A Christian Woman: A Sixteenth-*

Century Manual, p. 85.
17) スーザン・W・ハル、『女は男に従うもの？―近世イギリス女性の日常生活』、佐藤清隆・滝口晴生・菅原秀二訳（刀水書房、2003）、pp. 29-36。この考えによって、女性は男性が持ち合わせているそれらの能力において劣っているとされ、それゆえに、女性は男性によって導かれるべき存在とみなされた。女性は男性に従うべきである、という父権制社会が掲げた理想的な男女のあり方の根底には、このような男女観が大きな影響を与えていた。

参考文献

＊本稿執筆に際し、注において言及した文献以外にも多くの示唆を得た文献も含む

Aughterson Kate, ed. *Renaissance Woman: A Sourcebook: Constructions of Femininity in England.* London: Routledge, 1995.

Babb, Lawrence. *The Elizabethan Malady: A Study of Melancholia in English Literature from 1580-1642.* East Lansing: Michigan-State University Press, 1951; 1965.

Earl, A. J. '*Romeo and Juliet* and the Elizabethan Sonnets,' *English* 27(1978), 99-119.

Foster, Leonard. *The Icy Fire: Five Studies in European Petrarchism.* Cambridge: Cambridge University Press, 1969.

藤田實・入子文子編『図像のちからと言葉のちから―イギリス・ルネッサンスとアメリカ・ルネッサンス』、大阪大学出版会、2007年。

ハル、スーザン・W『女は男に従うもの？―近世イギリス女性の日常生活』、佐藤清隆・滝口晴生・菅原秀二訳、刀水書房、2003年。

今西雅章『シェイクスピア劇と図像学―舞台構図・場面構成・言語表現』、彩流社、2008年。

John, Lisle C. *The Elizabethan Sonnet Sequences: Studies in Conventional*

Conceits. New York: Columbia University Press, 1938; Russell & Russell, 1964.

Pearson, Lu E. *Elizabethan Love Conventions*. Berkley: University of California Press, 1933; London: George Allen & Unwin, 1966.

Petrarch, Francesco. *Petrarch's Lyric Poems: The 'Rime sparse' and Other Lyrics*, ed. and trans. by Robert M. Durling. Cambridge, MA: Harvard University Press, 1976.

Shakespeare, William. *The Oxford Shakespeare Romeo and Juliet*. Ed. Jill L. Levenson. Oxford: Oxford University Press, 2000.

――. *The Riverside Shakespeare*. Ed. G. Blakemore Evans. Boston: Houghton Mifflin, 1974.

――.『お気に召すまま』阿部知二訳、岩波文庫、1939年、改訳1974年、2007年。

――.『お気に召すまま』大山敏子訳、旺文社文庫、1970年、1978年。

――.『ロミオとジュリエット』大山敏子訳、旺文社文庫、1966年、改版1981年。

――.『ロミオとジューリエット』平井正穂訳、岩波文庫、1988年、2001年。

――.『ロミオとジュリエット』松岡和子訳、ちくま文庫、1996年。

手塚リリ子・手塚喬介編『想像力の飛翔―英語圏の文学・文化・言語』、北星堂書店、2003年。

Vives, Juan Luis. *The Education of A Christian Woman: A Sixteenth-Century Manual*. Ed. and Trans. Charles Fantazzi. Chicago: The University of Chicago, 2000.

あとがき

　本書の執筆者は、すべて神奈川大学大学院外国語学研究科英語英文学専攻、博士後期課程修了者あるいは満期退学者であり、現在それぞれが大学で教える立場にある。結果として本書は、大学院という学問の最高教育機関で学び、英語、あるいは専門の英語学や英米文学を教えるに至った者たちが今、何を考え、何を実践しているかを論じ合う場となった。

　執筆者はまた、神奈川大学英語英文学会会員でもあった。当学会は同専攻教授陣及びOBの有志、現役の学生を構成員とし、15年に渡り研究発表会や講演会の場を共有してきた。世代こそ違え、ともに学び、語り合った旧知の間柄である。

　この「あとがき」の筆者のみ、流れ者であった。他大学を卒業後12年間、企業に属し、他大学の修士課程を経て、神奈川大学の博士後期課程に入ったのである。研究も風変わりであった。過去から得た知見を現代に生かす試みに取り組んでいる英語教育者は少ない。当大学院を知ったのは、日本英語教育史の碩学、後に名誉教授となられた出来成訓先生が博士後期課程の講座を担当されていたからであった。日本英語教育史と第2言語習得論を横断的に研究出来る博士後期課程は当時、全国に皆無であった。母校、早稲田大学において指導不可能である旨、告げられていた筆者を寛大にも受け入れて下さったのは第2言語習得論担当の石黒敏明教授である。出来先生が退職なさる旨、知ってもなお入学を決意したのは、晩学の故、1年も無駄にしたくなかった筆者の時間的都合もあったにせよ、石黒先生の明朗無垢なお人柄に負うところが大きい。往時のことを振り返り、今ここに執筆者を代表して「あとがき」を託されていることを思うと、感慨一入である。

　大学院の組織改革に伴い、発展的に解散することとなった神奈川大学英

語英文学会最後の総会において、本書出版を提案して下さったのは中世イギリス文学研究で著名な石井美樹子教授であった。その結果、本書は、旧神奈川大学英語英文学会、及び石井美樹子基金より補助金を得て出版されることとなったのである。収録論文もすべて先生が査読して下さった。無論、その最終稿は執筆者及び編集委員の確認の下に提出されたものである。不首尾あらば、その責が我々にあることは言うまでもない。

　本書が、石井先生を始めとした諸先生方に対するせめてもの謝恩となっていること、学会活動を通して培った知識と経験を、未知なる読者へと、ささやかながら繋ぎ得るものになっていることを切に祈る。また、本書出版を快諾して下さった御茶の水書房、編集を担当して下さった黒川恵子氏に、心から御礼申し上げたい。

2013年2月　　赤石恵一

索 引 *

●ア

アームストロング, T.（Armstrong, Thomas） 81, 92
アウトプット（output） 13-15, 17, 28, 40-42, 48-49, 54-57, 71
アウトプット仮説（output hypothesis） 55, 84, 90

●イ

池上嘉彦 101, 115
イマージョン・プログラム／教育（immersion program） 12, 25, 52, 54, 76, 91
意味交渉（negotiation of meaning） 72
インタラクション（interaction） 37, 56
インタラクション分析（interaction analysis） 38-39
インテイク（intake） 43-44
インプット（input） 13-14, 27-28, 37, 40-42, 48-49, 51-53, 56-57, 71, 80, 86-87
インプット仮説（input hypothesis） 56, 84, 90

●ウ

ヴィヴェス, J. L.（Vives, Juan Luis, 1492/3 ～ 1540） 174, 176-177
ウェブ／ウェビング／マッピング（web/webbing/mapping） 77, 81, 83, 91
ウェルティ, E.（Welty, Eudora, 1909 ～ 2001） 139-147, 149-156, 159-160

●エ

英語学習成功者（good English learner） 9
英語専科教員／ JTE（Japanese teacher of English） 69, 71, 73-75, 80, 88-89
『英語ノート』 71, 87, 88

●オ

オーラル・コミュニケーション（oral communication） 37-38, 45, 55, 57

『お気に召すまま』（*As You Like It*） 175

音楽的知能（musical intelligence） 78, 82

音読（oral reading） 17, 83

●カ

ガードナー, H.（Gardner, Howard） 77-79

外国語としての英語／EFL（English as a foreign language） 10, 20, 28, 72, 79, 83, 87

外国人指導助手／ALT（assistant language teacher） 69-71, 80, 89

学習要因（learning variables） 10

語り手の視点（narrator's point of view） 144

仮定法（subjunctive mood） 114-115

カナル, M.（Canale, Michael） 75

「通い慣れた道」（"A Worn Path"） 141, 144, 146, 159-160

慣用句／イディオム（idiom） 101

●キ

キャサリン・オヴ・アラゴン（Catherine of Aragon, 1485〜1536） 174

教科横断的（cross-curricular） 76-77

教師の発話（teacher talk） 88

協同学習（cooperative learning） 15, 19, 79, 86

強要アウトプット（pushed output） 90

『キリスト教徒の女性の教育』（*De Institutione Feminae Christianae*） 174

●ク

国広哲弥 99-100, 116

クラスルーム研究（classroom research）　38-39, 43

クラッシェン, S. D.（Krashen, Stephan D.）　14, 43-44, 51-52, 56, 71, 84, 90

●ケ

劇化（dramatization）　17-21

言語的知能（linguistic intelligence）　78, 82

●コ

語彙項目（lexical item）　18, 102

語彙文茎（lexicalized sentence stem）　18

公民権運動（American civil rights movement）　149

国際語としての英語／EIL（English as an international language）　72, 83

黒人の歴史（black history）　150

コミュニカティブ・アプローチ（communicative approach）　76

コミュニケーション能力（communicative competence）　67-69, 72, 75-77, 89, 121

●サ

サヴィニョン, S. J.（Savignon, Sandra J.）　75

作者の視点（writer's point of view）　141, 144-145

●シ

シアーズ, D. A.（Sears, Donald A., 1923 〜 1994）　103, 107

シェイクスピア, W.（Shakespeare, William, 1564 〜 1616）　13, 23, 123, 163-165, 171, 175, 177, 180, 186, 188

視覚空間的知能（visual-spatial intelligence）　78, 82

自己効力感（self efficacy）　14

自動化（automatization）　17-19

シドニー, P.（Sidney, Sir Philip, 1554 〜 1586） 165
社会言語的能力（sociolinguistic competence） 75
社会的弱者（socially vulnerable） 145-146
シャドーイング（shadowing） 13
ジョイント・ストーリーテリング（joint-storytelling） 92
情意フィルター（affective filter） 51-52
小学校英語 67-71, 75, 79-80, 83, 88-89
小学校英語指導者認定協議会（J-Shine） 70, 89
『小学校学習指導要領』 68, 70, 74, 83, 89, 92
『小学校学習指導要領解説 外国語活動編』 68
除去格目的語（removed objects） 110-111, 113-114
除去動詞（verbs of removing） 108-111, 114, 116
自律（autonomy） 22, 29
人種問題（race problem） 139-143, 160
身体運動的知能（bodily-kinesthetic intelligence） 78, 82
神話（myth） 145-147, 150

●ス

スウェイン, M.（Swain, Merrill） 14, 25, 54-55, 71, 75, 84, 90
スキーマ（schema） 18, 81, 91
スペンサー, E.（Spenser, Edmund, c. 1552 〜 1599） 165
スワン, M.（Swan, Michael） 114
寸劇（short dramatic performance） 19, 22, 28

●セ

聖書（Bible） 145, 147, 149

●ソ

ソネット／14行詩（sonnet） 164-165, 171-172

●タ

対象格目的語（locale object） 110-111, 113-114

対人的知能（interpersonal intelligence） 79, 82

第2言語としての英語／ESL（English as a second language） 39, 44, 52, 55, 72, 87

ダグラス, F.（Douglass, Frederick, c. 1818/3 〜 1895） 153

他者（other） 140, 153

多重知能理論／MI理論（theory of multiple intelligences） 67, 77-81, 84, 88

談話的能力（discourse competence） 75

●チ

チーム・ティーチング／TT（team teaching） 69, 80, 91

『中学校学習指導要領』 69

中間言語（interlanguage） 71, 90

●テ

ディクトグロス（dictogloss） 16

デュボイス, W. E. B.（Du Bois, William E. B., 1868 〜 1963） 159

『テンペスト』（*The Tempest*） 176

●ト

動機づけ（motivation） 14, 19-20, 22, 28-29

トータル・フィジカル・レスポンス／TPR（total physical response） 82, 91

トップダウン手法（top-down） 84

トリックスター（trickster） 151-154, 156, 159

奴隷（slave）　147-150, 153-154

●ナ

内省的知能（intrapersonal intelligence）　79, 82
内容中心指導法／CBI（content-based instruction）　67, 76-77, 79-80, 84, 86, 88
南部作家（southern writer）　143
南部社会（southern society）　141-142, 144, 146, 150, 153-154, 156, 158, 160

●ハ

ハイド, L.（Hyde, Lewis）　151, 153
『ハイ, フレンズ！』（Hi, Friends!）　71-72, 80-81, 88
博物的知能（naturalist intelligence）　79, 82
発達の最近接領域（zone of proximal development）　15

●ヒ

ピルチャー, R.（Pilcher, Rosamunde）　124

●フ

フィルモア, C. J.（Fillmore, Charles J.）　109
文法的能力（grammatical competence）　75
分類方式（category system）　39

●ヘ

ペトラルカ, F.（Petrarch, Francesco, 1304 〜 1374）　165, 169
ペトラルカ風恋愛（Petrarchan love）　165-169, 171-172, 186

●ホ

方略的能力（strategic competence）　75

ボトムアップ手法(bottom-up) 84
ボリンジャー, D.(Bolinger, Dwight, 1907 〜 1992) 103, 107

● ム

矛盾語法(oxymoron) 166, 168

● メ

メアリー1世(Mary Ⅰ, 1516 〜 1558) 174

● モ

目的語の意味的種類(semantic types of object) 99, 109
物語を中心としたカリキュラム(story-based curriculum) 91
籾山洋介 101
モリスン, T.(Morrison, Toni) 140

● ヤ

訳抜け(omission) 124, 128, 135

● リ

理解可能なアウトプット(comprehensible output) 14, 71, 90
理解可能なインプット(comprehensible input) 14, 55-56, 71, 90

● ル

『ルークリースの凌辱』(*The Rape of Lucrece*) 177

● レ

レヴィン, B.(Levin, Beth) 111, 113, 116
連語(collocation) 100-102, 108, 114-116

●ロ

『ロミオとジュリエット』（*Romeo and Juliet*）　163, 188

ロング, M.（Long, Michael）　38-39, 72

論理数学的知能（logical-mathematical intelligence）　78, 81

＊　本書発行時，故人となっている人物には生没年を付した。

監修者・執筆者紹介

石井美樹子（いしい　みきこ）
　1971年，津田塾大学大学院博士後期課程修了。1974～1978年，英国ケンブリッジ大学大学院で中世英文学・演劇を専攻。文学博士(成城大学)。ケンブリッジ大学東洋学部専任講師，静岡大学教授を経て神奈川大学教授
　主要著書：『恋する王冠―ダイアナ妃と迷宮の王室』御茶の水書房，2000年．
　　　　　　『聖母のルネサンス―マリアはどう描かれたのか』岩波書店，2004年．
　　　　　　『エリザベス―華麗なる孤独』中央公論新社，2009年．
　　　　　　『マリー・アントワネットの宮廷画家ルイーズ・ヴィジェ・ルブランの生涯』河出書房新社，2011年．他多数

赤石　恵一（あかいし　けいいち）
　1971年生まれ，群馬県出身
　早稲田大学第一文学部文学科文芸専修卒
　日本大学大学院総合社会情報研究科文化情報専攻修士課程修了，修士（文化情報）
　神奈川大学大学院外国語学研究科英語英文学専攻博士後期課程修了，博士（文学）
　現職：日本大学，東洋英和女学院大学，拓殖大学，神奈川大学，関東学院大学非常勤講師
　専門分野：英語教育史，英語教育，比較教育論
　主著：*Good Foreign Language Learners: A Case Study on the Graduates of Sapporo Agricultural College 1880-1885*，『神奈川大学大学院　言語と文化論集』特別号，2010年．
　主論文：「札幌農学校教授 J. C. Cutter とその英語英文学講義」『日本英語教育史研究』第24号，2009年，pp. 45-64．
　　　　　「札幌農学校初期卒業生における Shakespeare 劇抜粋集」『日本英語教育史研究』第25号，2010年，pp. 69-88．

大場　衣織（おおば　いおり）
　1981年生まれ，神奈川県出身
　神奈川大学大学院外国語学研究科英語英文学専攻博士前期課程修了，修士（文学）
　神奈川大学大学院外国語学研究科英語英文学専攻博士後期課程在籍
　現職：神奈川大学非常勤講師
　専門分野：第二言語習得理論
　主論文：「インプット貧困環境におけるリキャストとプロンプトの有効性」『神奈川大学大学院　言語と文化論集』第15号，2009年，pp. 1-51．
　　　　　「学習者の間違いと教師による訂正のフィードバックにおける関係性」『神奈川大学大学院　言語と文化論集』第16号，2010年，pp. 35-81．

松野あかね（まつの　あかね）

1974 年生まれ，東京都出身
神奈川大学大学院外国語学研究科英語英文学専攻博士前期課程修了，修士（文学）
神奈川大学大学院外国語学研究科英語英文学専攻博士後期課程単位取得満期退学
現職：神奈川大学非常勤講師
　　　小学館アカデミー　英語教育スタッフ／トレーナー
専門分野：第二言語習得理論，幼児英語・小学校英語教育
主論文：「第二言語習得における会話調整とコミュニケーション方略」『神奈川大学大学院
　　　言語と文化論集』第 6 号，1999 年，pp. 129-152.
　　　「外国語教育における読み書き指導―教育的アプローチから見た Whole Language
　　　と Phonics ―」『神奈川大学大学院 言語と文化論集』第10 号，2003 年，pp. 139-156.
講演：「小学校英語活動と民間の英語教育の関わり」第 12 回神奈川大学英語教育研究大会
　　　（2008 年 12 月 6 日）

荻野　隆聡（おぎの　たかあき）

1969 年生まれ，福島県出身
神奈川大学大学院外国語学研究科英語英文学専攻博士前期課程修了，修士（文学）
神奈川大学大学院外国語学研究科英語英文学専攻博士後期課程単位取得満期退学
現職：神奈川大学，埼玉工業大学非常勤講師
専門分野：言語学（日英語の意味論を中心に）
主論文：「英語形容詞の動詞化―認知意味論的分析（'clear' の場合）」『神奈川大学大学院
　　　言語と文化論集』第 5 号，1998 年，pp. 23-39.
　　　「除去動詞の振る舞い―日英対照言語学的分析」『日本エドワード・サピア協会研
　　　究年報』第 14 号，2000 年，pp. 53-60.
　　　「日本語副詞『もう』の多義性」『埼玉工業大学人間社会学部紀要』第 8 号, 2010 年,
　　　pp. 61-66.

海老塚レイ子（えびづか　れいこ）

1949 年生まれ，福井県出身
神奈川大学大学院外国語学研究科英語英文学専攻博士前期課程修了, 修士（文学）
清泉女子大学大学院人文科学研究科人文学専攻博士課程満期退学
現職：神奈川大学，清泉女子大学非常勤講師
専門分野：シェイクスピア喜劇，翻訳
主論文：Shakespeare's Fairies: The World in *A Midsummer Night's Dream*『人文研究』（神
　　　奈川大学）第 132 号，1998 年，pp. 135-187.
訳書：Brrigs, Katharine M.『妖精の時代』石井美樹子・海老塚レイ子訳，筑摩書房, 2002 年．
　　　Rolls, Elizabeth.『乙女の告白』海老塚レイ子訳，ハーレクイン，2004 年．

監修者・執筆者紹介

志水 光子（しみず みつこ）
　1961年生まれ，神奈川県出身
　神奈川大学大学院外国語学研究科英語英文学専攻博士前期課程修了，修士（文学）
　日本女子大学大学院文学研究科英文学専攻博士後期課程単位取得満期退学
　現職：都留文科大学，東京都市大学，神奈川大学，日本女子大学非常勤講師
　専門分野：アメリカ文学，特に南部女性作家研究
　主論文：The Inner and Outer Sides of the Plantation Mistress in Eudora Welty's *Delta Wedding*『日本女子大学大学院文学研究科紀要』第14号，2007年，pp.63-73.
　　　　「ある奴隷女性のイニシエーション物語―束縛から自由へ―」『日本女子大学大学院文学研究科紀要』第16号，2010年，pp. 31-41.
　　　　「黒いトリックスター：ユードラ・ウェルテイの「パワーハウス」」『日本女子大学英米研究』第46号，2011年，pp. 57-70.

濱田あやの（はまだ あやの）
　1970年生まれ，東京都出身
　神奈川大学大学院外国語学研究科英語英文学専攻博士前期課程修了，修士（文学）
　MA in English Renaissance Studies, Faculty of Letters and Social Sciences, The University of Reading, UK（英国レディング大学大学院人文学部イギリス・ルネサンス研究科修士課程修了・修士（MA）授与）
　神奈川大学大学院外国語学研究科英語英文学専攻博士後期課程修了，博士（文学）
　現職：神奈川大学，清泉女子大学　他，非常勤講師
　専門分野：近世イギリス演劇
　主著：Women in the Days of Shakespeare and His Plays ―Education, Eloquence, and Marriage―『神奈川大学大学院 言語と文化論集』特別号，2006年．
　主論文：Going Beyond the Gender Boundary: Female Virtues and Gender Reversal in *Romeo and Juliet*『神奈川大学大学院 言語と文化論集』第12号，2005年，pp. 29-75.
　　　　「父権制社会と女性の「沈黙」―シェイクスピア劇のヒロインたちをとおして―」『人文研究』（神奈川大学）第174号，2011年，pp. 25-60.

監修者　石井美樹子
編著者　荻野　隆聡
　　　　松野あかね
　　　　赤石　恵一
　　　　大場　衣織

英語学・英文学の理論と応用
2013年3月25日　第1版第1刷発行

監修者──石井美樹子
編著者──荻野　隆聡
　　　　　松野あかね
　　　　　赤石　恵一
　　　　　大場　衣織
装　幀──鈴木　聖
発行者──橋本盛作
発行所──株式会社御茶の水書房
　　　　〒113-0033　東京都文京区本郷5-30-20
　　　　電話　03-5684-0751(代)

印刷・製本所──東港出版印刷株式会社

Printed in Japan
ISBN 978-4-275-01017-9　C3082

御茶の水書房の本　　　　　　　A5判　定価各(本体900円+税)

大学の専門課程にスムーズに入ることができるように、
神奈川大学の教授たちが知の水先案内をします。

神奈川大学入門テキストシリーズ　編集=神奈川大学

英文学と英語学の世界
橋本侃・伊藤克敏

三つの流通革命
中田信哉

わかりやすい貿易実務
中野宏一・三村眞人

民法序説
川田昇

宅配便の秘密
齊藤実

気候温暖化の原因は何か―太陽コロナに包まれた地球―
桜井邦朋

経済のグローバル化と日本
秋山憲治

パン屋さんから学ぶ会計
柳田仁

中国語を学ぶ魅力
山口建治・彭国躍・松村文芳・加藤宏紀

刑法を学ぼうとしている人々へ
山火正則

科学の魅力―大学で何を学ぶか―
松本正勝・杉谷嘉則・西本右子・加部義夫・大石不二夫

科学の魅力Ⅱ―大学で何を学ぶか―
木原伸浩・天野力・川本達也・平田善則・森和亮

中国学の魅力
鈴木陽一・孫安石・蘇智良・陳天璽

中国と日本―未来と歴史の対話への招待―
村井寛志・張翔・大里浩秋・小林一美